한 번은 읽어야 할
우리 고전 명시

한 번은 읽어야 할 우리 고전 명시

1판 1쇄 인쇄 2018년 9월 10일
1판 1쇄 발행 2018년 9월 14일

—

지은이 | 김영석

—

발행처 | 문학의숲
발행인 | 이은주

—

신고번호 | 제300-2005-176호
신고일자 | 2005년 10월 14일

—

주소 | (121-896) 서울특별시 마포구 양화로7길 84
전화 | 02-325-5676
팩스 | 02-333-5980

—

—

값은 표지에 있습니다.
ISBN 979-11-87904-11-3 03810

한 번은 읽어야 할
우리 고전 명시

김영석 편역

문학의숲

편역자의 말

우리의 문학은 한글로 기록된 것과 한문으로 기록된 것으로 크게 나누어진다. 그런데 한글의 창제가 후세에야 이루어졌기 때문에 우리 고전문학은 대부분 한문으로 되어 있다.

난해한 한문으로 기록된 작품들은 누구나 쉽게 읽어 볼 수가 없다. 그래서 중고등학교 교과서에도 주로 한글로 기록된 작품들을 수록하고 있다. 사정이 이렇다 보니 한문으로 된 작품, 특히 한시는 점점 더 특별한 사람들이나 즐기는 골동품처럼 되고 말았다.

물론 그동안에도 우리의 한시를 번역한 책들이 없었던 것은 아니다. 그런데 그 책들을 보면 한시를 전공으로 공부하는 사람들에게나 필요할 듯한 것들이 대부분이다. 좋은 작품들을 정선하지 않은 채, 다수의 작품들을 수록하고자 한 나머지 자료집에 가까운 것이 되고 만 느낌이 든다. 또 더러 소수의 작품을 선별하여 묶은 경우도 작품마다 불필요한 해설들을 달아 놓아서 일반 독자들에게는 오히려 어렵게 느껴지고 있다.

이런 점을 염두에 두면서 편역자는 고등학생부터 일반인에 이르기까지 누구나 부담 없이 손에 들고 읽을 수 있는 시집을 하나 만들어 보자고 생각했다. 그래서 우리나라 한시를 가장 많이 수록하고 있다고 알려진 『대동시선』에서 오늘날 독자들에게 순편하게 읽힐 만한 작품들만 정성들여 골라 쉬운 우리말로 옮겨보기로 했다.

이 시집에 실린 작품들은 다른 자료에서 뽑은 소수를 제외하면 거의 모두 바로 이 『대동시선』에서 골라낸 것이며, 배열 순서는 물론 작가의 간단한 소개까지도 그대로 이 책을 따랐다. 다만 이 책에서 소략하게 다루어진 여류 시인의 경우는 자료를 보충하고 시대를 가늠하여 자의로 편입 배열하였다.

우리말로 옮기면서 가능하면 직역하고자 했으나, 직역으로는 그 뜻이 제대로 전달될 수 없다고 판단될 때는 의역을 주저하지 않았다. 또 지금까지는 4행의 절구나 8행의 율시 등을 옮길 때 똑같이 우리말로도 4행이나 8행으로 옮기는 것이 일반적인 관례였는데, 나는 이런 관례에 얽매이지 않기로 했다. 한문으로 표현될 때에야 드러나는 한시의 여러 형식미가 우리말로 옮겨지는 마당에서는 애초에 제대로 드러날 수 없을 뿐만 아니라, 그러한 제약 속에서 시의 의미와 느낌이 온전히 번역될 수 없기 때문이다. 그래서 절구인 경우 5행 이상으로 옮겨지기도 하고 때로는 2연 이상으로 나누어지기도 하였다.

시의 본문에 주해를 달아야 할 필요가 있다고 판단될 때는 표시(*)를 하고 자구 풀이와 함께 실었고, 자구 풀이는 모두 자전을 따랐으며, 자전에 없거나 설명이 불충분한 경우에만 편역자가 보충하였다.

끝으로 이 작업을 하는 과정에서 김달진의 『한국한시』를 요

긴하게 참고하였고, 여류 시인의 작품들을 검토하는 과정에서는 김지용의 『역대여류한시문선』이 참고가 되었다.

아무쪼록 이 작은 시집이 우리 고전 한시를 감상하고 이해하는 한 계기가 되어 주기를 바란다.

2018년 1월
변산, 흰눈 씻는 집에서
하인何人 김영석

차례

조선전기

조선후기

고조선 · 고구려 · 신라

여옥麗玉

고조선의 나루터 뱃사공 곽리자고의 아내

공후인

님이여, 강을 건너지 마오.

그러나 님은 끝내
저 강 건너
저승으로 돌아가셨네.

아아 님이여, 이제 나는 어찌 하오리.

▶ 이 시는 고조선의 나루터 뱃사공 곽리자고의 아내 여옥이 지은 것이다. 자고는 새벽에 일어나 배를 저어 나갔다. 어떤 백발의 미치광이 늙은이가 물결이 거센 강을 건너고 있었다. 그 아내가 뒤따라가면서 만류했으나 미치광이는 듣지 않고 건너다가 마침내 물에 빠져 죽었다. 이에 그 아내는 공후를 타면서 노래했다. 그 노랫소리가 매우 슬펐고, 노래가 끝나자 아내도 강물에 몸을 던져 죽었다. 자고가 돌아와 그 아내에게 이 사실을 말하자 그 아내도 매우 슬퍼하면서 공후를 타며 그 소리를 흉내내어 불렀다.

空篌引

公無渡河 公竟渡河 墮河而死 將奈公何

箜篌(공후)–서양 하프와 비슷한 현악기. 引(인)–노래 곡조. 將奈何(장내하)–장차 어찌할꼬.

유리왕琉璃王

동명왕(東明王)의 아들로 이름은 유리(類利). 한(漢)나라 성제(成帝) 홍가(鴻嘉) 2년에 즉위.

황조가

펄펄 날며 오가는 꾀꼬리들은
암수 모두 정답게 짝지었는데
생각하면 나 홀로 외로운 몸이여
그 누구와 함께 돌아가리.

▶ 왕은 두 여자를 취했는데 첫째는 화희(禾姬)이니 골천(鶻川) 사람의 딸이고, 둘째는 치희(雉姬)이니 한(漢)나라 사람이었다. 두 여자는 왕의 사랑을 다투다가 화희가 치희에게, "너는 한나라 사람의 종년으로서 어찌 그처럼 무례하냐?"고 하였다. 치희는 부끄럽고 슬퍼서 도망쳐 돌아갔다. 왕은 말을 달려 쫓아갔으나 치희는 성을 내며 돌아오지 않았다. 왕은 나무 밑에 앉아 쉬다가 날아드는 꾀꼬리를 보고 느낌이 있어 이 노래를 지었다.

黃鳥歌

翩翩黃鳥 雌雄相依 念我之獨 誰其與歸

黃鳥(황조)-꾀꼬리. 翩翩(편편)-새가 날아다니는 모양.

설요薛瑤

전당시(全唐詩)에, '설요는 동명국(東明國) 사람으로서 좌무위장군 승충의 딸인데 15세에 머리를 깎고 출가하여 6년을 지내다가 이 노래를 부르며 속세로 돌아와, 곽원진의 첩이 되었다.' 고 하였다. 동명국은 신라를 가리키는 것인 듯.

속세로 돌아오는 노래

쉬 변하는 구름 같은 마음이여.
한결같은 모습 그리나니

산골의 적막함이여, 아무도 찾는 이 없네.

어여쁜 풀 같은 꽃다움이여.
향내 풍기고자 하나니

아아 어찌하리, 이 청춘을.

返俗謠

化雲心兮思淑貞 洞寂寞兮不見人 瑤草芳兮思芬蒀 將奈何兮青春

返俗(반속)–중이 속세로 돌아옴. 芬蒀(분온)–향기가 성함.

김지장金地藏

전당시(全唐詩)에 "김지장은 신라의 왕자로서 지덕(至德) 초년에 바다를 건너 구화산(九華山)에 살았는데, 이 시는 거기에서 지은 것이다."고 하였다.

산을 내려가는 아이에게

공문*이 적막하여 집을 그리던 네가
절집을 작별하고 구화산을 내려가는구나.
대밭 가에서는 대말 타기 좋아하고
금 나오는 땅*에서는 금모래* 모으기 게을렀지.
물병에 담은 시냇물에서 달을 찾지 말고,
차 달이는 단지에는 꽃을 꽂지 마라.
잘 가라, 부디 자주 울지 마라.
이 노승이 짝이 되고 산수의 경치도 있지 않으냐.

送童子下山

空門寂寞汝思家 禮別雲房下九華 愛向竹欄騎竹馬 懶於金地聚金沙
添甁澗屋休招月 烹茗甌中罷弄花 好去不須頻下淚 老僧相伴有烟霞

*공문(空門)-공사상을 근본 교리로 삼는다는 뜻으로 불교를 말함. *금 나오는 땅(金地)-불교를 말함.
*금모래(金沙)-불교의 교리. 雲房(운방)-스님이 거처하는 방. *연하(烟霞)-안개와 노을. 산수의 경치.

최치원崔致遠

자는 고운(孤雲). 12세에 당나라에 들어가 희종 건부 1 년에 과거에 급제하여 고변종사가 되고, 뒤에 본국으로 돌아와 한림학사가 되다. 만년에 가야산에 들어가 세상을 마치다. 시호는 문창후(文昌侯). 문묘에 배향하다. 저서로 『계원필경(桂苑筆耕)』이 있다.

가을밤 빗소리

가을바람 쓸쓸히 우니는데
세상 길은 참된 벗이 드물구나.
한밤중 창밖은 비가 내리고
등불 앞 만릿길의 내 마음이여.

秋夜雨中

秋風惟苦吟 世路少知音 窓外三更雨 燈前萬里心

知音(지음)—자기 마음을 아는 친한 벗. 《열자(列子)》의, '백아(伯牙)는 거문고를 잘 타고, 그의 벗 종자기(鍾子期)는 그 소리를 듣고 백아의 심중을 잘 알았는데, 종자기가 죽자 백아는 자기의 소리를 이해하는 사람이 없다고 하며 거문고의 줄을 끊고 다시는 손을 대지 않았다.'는 고사에서 나온 말. 三更(삼경)—자정의 전후.

임경대

안개 두른 산들 용용히 흐르는 물.
맑은 물거울 속
푸른 봉우리 마주한 초가집 몇 채.
어디서 오는 돛배 한 척
바람을 다 받아 멀리 가는데
문득 날아가던 새 한 마리
아득히 자취가 없다.

臨鏡臺

烟巒簇簇水溶溶 鏡裏人家對碧峰 何處孤帆飽風去 瞥然飛鳥杳無蹤

簇簇(족족)—떨기처럼 나서 많이 모인 모양. 溶溶(용용)—물이 질펀히 흐르는 모양.

금천사 주인에게

흰구름 시냇가에 처음으로 절을 지어
삼십 년 동안 여기에만 머물고 있네.
문 앞 한 줄기 길을
웃음으로 가리키면서
이 산 겨우 내려가자마자
이 한 줄기는 천 갈래 길이 되리.

贈金川寺主人

白雲溪畔創仁祠 三十年來此住持 笑指門前一條路 纔離山下有千岐

仁祠(인사)—절의 다른 이름. 纔(재)—겨우. 岐(기)—갈림길.

가야산

돌 사이 쏟아지는 물에 온 산이 울부짖어
바로 옆사람 말소리도 알아듣기 어렵네.
시시비비하는 소리 귀에 들까 늘 두려워
일부러 흐르는 물로 온 산을 둘러쌌구나.

題伽倻山

狂奔疊石吼重巒 人語難分咫尺間 常恐是非聲到耳 故敎流水盡籠山

伽倻山(가야산)―해인사가 있는 산. 狂奔(광분)―미쳐 날뜀. 重巒(중만)―겹겹의 산봉우리. 故敎(고교)―일부러 ~하게 함. 籠山(농산)―산을 둘러쌈.

자화사에서

산에 올라 잠시 세상 길 먼지 벗고
흥망을 되새기니 한이 더욱 새롭네.
뿔피리 소리에 실려 세월은 흐르는데
청산 그늘 속에 고금의 인물은 남아 있는가.
귀한 나무도 찬 서리에 꺾이면
그 꽃 주인을 바이 찾을 길 없는데
바람이 따뜻한 금릉은 풀이 절로 봄이네.
다행히 사령운이 남긴 경치가 있어
시인들의 마음 길이 상쾌하게 하네.

登潤州慈和寺

登臨暫隔路岐塵 吟想興亡恨益新 畫角聲中朝暮浪 青山影裏古今人
霜摧玉樹花無主 風暖金陵草自春 賴有謝家餘景在 長教詩客爽精神

畫角(화각)—뿔로 만든 아름다운 피리. 玉樹(옥수)—홰나무의 다른 이름. 재주가 뛰어난 사람에 대한 비유. 謝家(사가)—송나라 시인 사령운(謝靈運). 도연명(陶淵明)과 함께 도사(陶謝)로 불리고 자연과 인간을 접목한 산수시(山水詩)의 시풍을 보이며 후대에 영향을 끼쳤다. 金陵(금릉)—중국의 지명.

옛말의 뜻

여우는 미녀가 될 수 있고
너구리 역시 선비가 될 수 있는 것.
그 누가 알 수 있으리오, 모든 동물이
사람으로 변하여 사람 유혹한다는 것을.
변하는 것은 오히려 어렵지 않으나
곧은 마음 가지기는 참으로 어렵나니
참과 거짓을 분별하고 싶은가.
바라건대 마음의 거울을 닦고 보소서.

古意

狐能化美女 狸亦作書生 誰知異類物 幻惑同人形
變化尙非艱 操心良獨難 欲辨眞與僞 願磨心鏡看

狸(리)-살쾡이 또는 너구리. 貍(리)와 같은 글자.

즉흥시

원컨대 욕심을 부리지 말고
부모님께 받은 몸 상하게 하지 마라.
어찌하여 진주를 찾는 사람들은
목숨을 가벼이 여겨 바다 밑에 드는가.
육신의 영화는 더렵혀지기 쉽고
마음의 때는 참으로 씻기 어렵다.
담박한 마음 그 뉘와 이야기하리오.
세상 사람들 달콤한 술만 즐기는 것을.

寓興

願言肩利門 不使損遺體 爭奈探珠者 輕生入海底
身榮塵易染 心垢良難洗 澹泊與誰論 世路嗜甘醴

遺體(유체)—부모가 남겨준 몸. 즉 자기 몸. 澹泊(담박)—마음이 깨끗하고 욕심이 없음.

박인범朴仁範

벼슬은 저작(著作).

배로 가면서

억새꽃 물가에 늦게야 배를 대니
찬 이슬 귀뚜라미 소리 언덕은 가을이네.
밀물 드는 오랜 여울은 모래부리 잠기고
해 저문 추운 섬은 나무 모습도 시름이네.
강 위의 기러기 떼는 바람이 몰아가고
하늘 끝 외로운 배는 달이 보내네.
우리 모두 나그네 신세 벌써 늙었나니
이 심사 말할 때마다 남몰래 눈물 흘리네.

江行呈張秀才

蘭橈晩泊荻花洲 露冷蛩聲繞岸秋 潮落古灘沙嘴沒 日沈寒島樹容愁
風驅江上群飛雁 月送天涯獨去舟 共厭羈離年已老 每言心事淚潛流

秀才(수재)-재주가 뛰어난 남자. 미혼 남자를 높여 부르는 말. 蘭橈(난요)-목란으로 만든 배와 노. 난장(蘭槳)과 같음. 羈離(기리)-나그네.

최광유崔匡裕

중국 당나라에 들어가 유학하다.

맑은 도랑을 보며

흰 깁을 펼친 듯 바람 없어 잔잔하고
맑은 경치 되비치니 희맑은 거울이네.
둑 위 버드나무 비 개이자 파랗게 비추고
담장 꽃은 봄빛에 그림자도 붉어라.
새벽빛에 남은 달은 성 밖으로 흘러가고
한밤중 쇠잔한 종소리는 궁궐에서 나오네.
만일 누군가 은하수에 오르려면
뗏목 타고 바로 이리로 가면 마침내 통하리라.

御溝

長鋪白練靜無風 澄景涵暉皎鏡同 堤柳雨餘光映綠 墻花春半影含紅
曉和殘月流城外 夜帶殘鐘出禁中 人若有心上星漢 乘查未必此難通

白練(백련)—흰 명주. 禁中(금중)—궁궐. 星漢(성한)—은하수. 查(사)—뗏목. 楂(사)와 같음.

고려

최충崔冲

자는 호연(浩然). 해주 사람. 목종 때 급제하고 문종 때 문하시랑이 되었는데. 그때 사람들은 그를 해동공자(海東孔子)라고 일컬었다. 시호는 문헌(文憲).

절구

촛불 켜지 마라, 뜰에 달빛 가득하다.
손님 부르지 마라, 자리에 산빛 든다.
거기에 솔바람 거문고가
악보 밖을 타고 있나니
이 진귀함 혼자 느낄 뿐
남에게 전할 수가 없도다.

絕句

滿庭月色無烟燭 入座山光不速賓 更有松弦彈譜外 只堪珍重未傳人

速賓(속빈)-손님을 부름. 松弦(송현)-솔잎에 부는 바람 소리를 거문고 소리에 비유함. 譜外(보외)-악보 밖. 악보로 표현이 안 되는 아주 뛰어난 가락.

손님에게

물 위의 시원한 누각 내게는 인연 멀어
문서더미 속에서 세월을 보낸다.
붉은 앵두 자주 죽순 철 지나려는데
붉은 무궁화 석류 모습 역시 곱구나.
오랜 병에 손을 청해 마시지 못하고
게을러 꾀꼬리 소리 들으며 잠자기 좋아한다.
좋은 시절 몸 성한 때 다시 오기 어려우니
때마침 꽃피었을 때 취선이나 되어 보세.

示座客

水閣風欞苦見招 簿書叢裏度流年 朱櫻紫笋時將過 紅槿丹榴態亦姸
病久却嫌邀客飮 性慵偏喜聽鶯眠 良辰健日終難再 急趁花開作醉仙

笋(순)—죽순. 筍(순)과 같은 글자. 良辰(양진)—좋은 때. 趁(진)—좇다.

박인량朴寅亮

자는 대천(代天). 호는 소화(小華). 죽주 사람. 문종 때 송나라에 들어갔고 숙종 때에 참지정사가 되었다. 시호는 문렬(文烈).

구산사를 지나며

험한 바위 괴이한 돌이 산을 이루었는데
그 위에 절이 있어 물이 사방을 둘렀다.
탑 그림자 물결 속에 거꾸로 일렁이고
종소리가 달 흔들며 구름 속에 사라진다.
문 앞 나그네 배에 물결이 거센데
대숲 밑 중의 바둑은 한낮이 한가롭다.
사신으로 오가는 몸 이별이 섭섭하여
시 한 수 써 두고 다시 찾기 기약한다.

使宋過泗州龜山寺

巉岩怪石疊成山 上有蓮坊水四環 塔影倒江飜浪底 磬聲搖月落雲間
門前客棹洪波疾 竹下僧棋白日閒 一奉皇華堪惜別 更留詩句約重攀

巉(참)—가파르다. 蓮坊(연방)—사찰. 皇華(황화)—천자의 사신. 칙사.

김부식金富軾

경주 사람. 인종 때 서경의 묘청의 난을 평정하고 문하시중이 되어 『삼국사기』를 짓고, 의종은 그를 낙랑후로 봉했다. 시호는 문렬(文烈).

감로사

속세의 사람들 오르기 어려운데
혼자 올라 보니 가슴이 트이는구나.
산의 모습 가을이라 더욱 보기 좋고
밤이 되니 강물은 오히려 선명하구나.
백조는 높이 떠 다 날아가 버렸고
외로운 돛대 하나 가물가물 떠가나니
세상은 참으로 좁디좁은데
공명 좇던 반생이 부끄럽구나.

甘露寺次韻

俗客不到處 登臨意思淸 山形秋更好 江色夜猶明
白鳥高飛盡 孤帆獨去輕 自慚蝸角上 半世覓功名

蝸角上(와각상)–와우각상(蝸牛角上). 지극히 작은 경우. 와각지쟁(蝸角之爭)이란 말이 있음. 달팽이 뿔 위에 있는 두 나라가 전쟁을 한다는 뜻으로, 사소한 일로 쓸데없이 다툼을 이름.

정지상鄭知常

서경 사람. 인종 때에 지제고로 있다가 묘청의 난에 죽임을 당했다.

대동강

비 개인 긴 둑에 풀빛이 짙고
그대 보내는 남포에 슬픈 노래 울리나니
이 대동강 물 언제 마르랴.
해마다 이별의 눈물
저 푸른 물결에 보태는 것을.

大同江
雨歇長堤草色多 送君南浦動悲歌 大同江水何時盡 別淚年年添綠波

南浦(남포)-대동강 가에 있는 포구.

사람을 보내며

뜰앞에 낙엽 하나 떨어져 뒹굴고
마루 밑은 온갖 벌레 구슬피 우는데
홀홀히 머물 수는 없지만
아득히 어드메로 흘러만 가는가.
한 조각 마음은 산 너머에 있는데
달이 밝은 때의 외로운 꿈이여.
이 남포에 봄 물결 푸르거니
그대는 뒷날일랑 기약하지를 마라.

送人

庭前一葉落 床下百虫悲 忽忽不可止 悠悠何所之
片心山盡處 孤夢月明時 南浦春波綠 君休負後期

忽忽(홀홀)—사물을 돌아보지 않는 모양. 悠悠(유유)—아득히 먼 모양. 한가하고 여유가 있음.
休(휴)—말다.

변산 소래사

적막한 옛길은 솔뿌리 얽혀 있고
하늘이 가까와 별들은 손으로 만질 듯.
뜬구름 흐르는 물 따라 길손은 절에 왔는데
붉은 잎 푸른 이끼 사이 중은 사립문 닫는다.
서늘한 가을바람 해질녘에 불고
점점 밝아지는 산 달 보고 잔나비가 운다.
흰 눈썹의 늙은 중 기특하도다
오랫동안 시끄러운 인간세상 꿈꾼 일 없으니.

邊山蘇來寺

古逕寂寞縈松根 天近斗牛聯可捫 浮雲流水客到寺 紅葉蒼苔僧閉門
秋風微凉吹落日 山月漸白啼淸猿 奇哉厖眉一老衲 長年不夢人間喧

斗牛(두우)-북두성과 견우성. 厖眉(방미)-흰 털이 난 눈썹. 老衲(노납)-늙은 중.

봄날에

화창한 날씨에 온갖 물색 고운데
즐거운 놀이로 쌓인 시름 푸는도다.
강은 지는 해 머금어 황금빛으로 흐르고
흰눈 날리듯 버들꽃은 춤을 추네.
고향산천은 멀고 먼 천리 밖
한잔 술 담소로 온갖 인연 지우고
흥에 겨워 시 한 수를 쓰려고 하니
무지갯빛 뿜는 호기 없어 부끄럽도다.

春日

物象鮮明霽色中 勝遊懷抱破忡忡 江含落日黃金水 柳放飛花白雪風
故國江山千里遠 一尊談笑萬緣空 興來意欲題新句 下筆慚無氣吐虹

忡忡(충충)—매우 근심하는 모양. 尊(준)—술 그릇.

김부의金富儀

첫 이름은 부철(富轍). 부식(富軾)의 아우. 자는 자유(子由). 숙종 때 과거에 급제하여 벼슬은 좌복야. 시호는 문의(文懿).

낙산사

몸소 한번 바다 언덕 높이 올라
머리 돌리니 묵은 티끌 다시 찾을 수 없네.
대성의 원통한 이치* 알고 싶은가.
산 뿌리에 부딪치는 파도소리 들으소서.

洛山寺

一自登臨海岸高 回頭無復舊塵滂 欲知大聖圓通理 聽取山根激怒濤

*대성의 원통한 이치-대성(大聖)은 화엄종의 시조 의상(義湘). 원통한 이치는 화엄불교의 교리.

정습명鄭襲明

연일 사람. 벼슬은 추밀원사로서 바르게 간함을 자기 소임으로 삼았기 때문에 의종이 그를 매우 꺼려했다. 뒤에 그는 임금의 뜻을 알고 독약을 먹고 자살했다.

패랭이꽃

세상 사람들은 붉은 모란 좋아해
뜰마다 가득히 가꾸는데
누가 알리, 푸나무 우거진 산과 들에
역시 어여쁜 꽃떨기 있다는 것을.
달빛 아래 못 둑의 그 빛깔 투명하고
나뭇잎 흔드는 바람이 그 향기 풍겨주네.
구석진 시골이라 찾아오는 공자가 적어
아리따운 그 모습은 농부들 차지라네.

石竹花

世愛牧丹紅 栽培滿院中 誰知荒草野 亦有好花叢
色透村塘月 香傳壟樹風 地偏公子少 嬌態屬田翁

公子(공자)—귀족의 자제. 田翁(전옹)—시골 늙은이. 농부.

최유청崔惟淸

자는 직재(直哉). 벼슬은 좌복야. 시호는 문장(文莊).

잡흥

봄풀은 어느새 푸르고
나비는 동산 가득 날아드는데
풋잠을 꼬이던 샛바람이
옷자락을 나부껴 또한 깨우는구나.
깨어나니 일없이 적막한데
숲 밖의 노을빛이 비쳐 든다.
기둥에 기대어 한숨지려 하다가
그대로 고요히 세상을 잊다.

雜興

春草忽已綠 滿園胡蝶飛 東風欺人睡 吹起床上衣
覺來寂無事 林外射落暉 倚楹欲歎息 靜然已忘機

落暉(낙휘)-저녁볕. 석양. 靜然(정연)-고요한 모양. 忘機(망기)-세상 일을 잊음. 기(機)는 마음의 꾸밈.

김극기金克己

경주 사람. 고종 때의 한림.

미륵사 주지에게

숲 끝은 그윽히 멀고
길은 구불구불 간 곳을 모르는데
깊고 깊은 이곳을
어이 속인들에게 알게 했는가.
저 소나무 위 눈처럼 흰 학만이
스님이 처음 이 초막집 짓는 걸 보았으리.

贈彌勒寺住老

林端窈眇路逶迤 境僻寧教俗士知 惟有雪衣松上鶴 見公初到結廬時

窈眇(요묘)-그윽한 모양. 요묘(窈渺)라고도 씀. 묘(眇)와 묘(渺)는 통함. 逶迤(위이)-구불구불한 모양. 위이(逶蛇)로도 씀. 이때 사(蛇)는 뱀이 구불구불 가는 모양이니 '이'로 읽는다. 寧教(영교)-어찌 ~로 하여금.

늦가을 달밤

해가 지면 싸늘한 바람 나무 끝에서 일어
서리 내리는 것 볼 수 없으나
나뭇잎은 벌써 메마른 가랑잎 소리다.
열린 창 밝은 달도 맞이할 생각 없어
가을이면 야윈 몸 밤 추위를 겁낸다.

秋晩月夜

日落頑風起樹端 飛霜貿貿葉聲乾 開軒不用迎淸月 瘦骨秋來怯夜寒

頑風(완풍)-사나운 바람. 貿貿(무무)-눈이 어두운 모양.

통달역

문득 금빛 실을 내려뜨린 이내 속 수양버들
이별의 정표로 주고받는 사람들에게
얼마나 가지를 꺾이었던가.
이별의 설움 잘 아는 매미 한 마리
해질녘 울음소리 끌고서 그 가지에 오르네.

通達驛

煙楊窣地拂金絲 幾被行人贈別離 林外一蟬諳別恨 曳聲來上夕陽枝

煙(연)– 연기. 안개. 아지랑이. 이내 등 흐릿한 기운. 窣地(솔지)–갑작스러이. 지(地)는 조자(助字). 졸지(猝地)와 같음.

이인로李仁老

자는 미수(眉叟). 호는 쌍명재(雙明齋). 인천 사람. 명종 때 과거에 급제하고, 14년 동안 옥당에 있었으며 벼슬은 우간의대부까지 지냈다.

천심원 벽에 쓰다

손님을 기다려도 손님은 아니 오고
스님을 찾아도 스님은 보이지 않아
오직 숲 밖에 새만 남아서
간곡하게 제호제호* 하고 우는구나.

題天尋院壁

待客客未到 尋僧僧亦無 惟餘林外鳥 款款勸提壺

款款(관관)–정성스런 모양. 간절한 모양. *提壺(제호)–'술병을 들다'는 뜻인데, 여기서는 제호새의 울음소리를 흉내낸 의성어로서 술을 권하는 뜻과 함께 중의법으로 쓰인 것.

소상의 밤비

온통 푸른 강물에 강 언덕은 가을빛인데
돌아가는 뱃전에 바람은 이슬비를 뿌리네.
밤이 되어 강 언덕에 배를 대고 묵나니
바람에 서걱이는 댓잎마다
모두가 시름의 소리뿐이네.

瀟湘夜雨

一帶蒼波兩岸秋 風吹細雨灑歸舟 夜來泊近江邊竹 葉葉寒聲摠是愁

소상(瀟湘)-소수(瀟水)와 상수(湘水). 중국 호남성 동정호의 남쪽에 있고, 그 부근의 좋은 경치를 소상팔경(瀟湘八景)이라 함.

이규보李奎報

자는 춘경(春卿). 호는 백운거사(白雲居士). 황려 사람. 명종 때 급제했으나 10년 동안 벼슬에 나가지 못하다가 뒤에 태보평장사가 되었다. 시호는 문순(文順). 문장으로는 동국(東國)의 으뜸이다.

북산 잡영 · 1

깊은 산골에 꽃이 피어
산중의 봄을 알리려 하는데
어떤 중이 꽃소식을 상관하리.
대개는 선정에 들어 있거늘.

北山雜詠·1

山花發幽谷 欲報山中春 何僧管開落 多是定中人

開落(개락)—꽃이 피고 지는 것. 定中(정중)—참선하고 있음. 선정에 들어 있음.

북산 잡영·2

산사람의 마음을 시험하고 싶은가.
문에 들어가 우선 술 취해 뽐내어 보라.
끝내 기뻐하거나 성내지 않는다면
비로소 참으로 높은 선비임을 알리라.

北山雜詠·2
欲試山人心 入門先醉奰 了不見喜慍 始覺眞高士

醉奰(취비)―술 취해 거만하고 잘난 체함. 高士(고사)―덕이 높은 선비.

저녁의 조망

이태백과 두보가 지껄이고 간 뒤
건곤은 적막 속에 있었다.
이제는 강산이 스스로 심심하여
조각달을 하늘에 걸어 놓았다.

晩望
李杜啁啾後 乾坤寂寞中 江山自閒暇 片月掛長空

李杜(이두)-당나라의 시인 이태백과 두보. 啁啾(주추)-새가 재재거리며 우는 소리.

봄날 절을 찾다

바람은 부드럽고
햇볕은 따뜻하고 새소리 시끄러운데
수양버들 그늘 속 반쯤 닫힌 문
뜰 가득 떨어진 꽃 위에
스님은 꽃처럼 취해 누웠나니
절은 여전히 태평스런 자취 띠고 있구나.

春日訪山寺

風和日暖鳥聲喧 垂柳陰中半掩門 滿地落花僧醉臥 山家猶帶太平痕

물고기

물에 떴다가 잠겼다가
괴로워 어쩌지도 못하는 물고기
사람들은 멋대로 즐거이 논다고 하네.
가만히 생각하면 잠시도 쉴 틈 없나니
겨우 어부가 돌아가면
백로가 또 엿보네.

詠魚

圉圉紅鱗沒又浮 人言得意任遨遊 細思片隙無閒暇 漁父纔歸鷺又謀

圉圉(어어)—괴로워 펴지 못하는 모양. 紅鱗(홍린)—붉은 비늘. 붉은 물고기. 細思(세사)—곰곰이 생각함. 片隙(편극)—극히 짧은 시간. 잠깐.

여뀌꽃의 백로

앞 여울에 물고기 새우가 많아
마음먹고 물결을 가르며 들어갔는데
사람을 보자 갑자기 놀라서
여뀌꽃 언덕에 다시 날아 모여 앉는다.
목을 빼고 사람 가기 기다리다가
이슬비에 털옷이 다 젖었다.
마음은 아직도 여울 속 고기에 가 있는데
사람들은 세상을 잊고 서 있다고 말하네.

蓼花白鷺

前灘富魚蝦 有意劈波入 見人忽驚起 蓼岸還飛集
翹頸待人歸 細雨毛衣濕 心猶在灘魚 人道忘機立

翹頸(교경)—목을 세우다. 교(翹)는 발돋움하다. 忘機(망기)—세상 일을 잊다.

사평강에 배를 띄우고

강 멀리 하늘은 낮고 가까운데
배가 가니 언덕도 따라서 움직인다.
엷은 구름은 비단처럼 비껴 있고
성긴 비는 실처럼 흩뿌린다.
험한 여울물 빠르게 흐르는데
봉우리 하도 많아 산 끝나기 더디다.
흥얼거리다 문득 고개 돌리니
바로 그곳 고향이 바라보인다.

沙平江泛舟

江遠天低儭 舟行岸趁移 薄雲橫似素 疎雨散如絲
灘險水流疾 峰多山盡遲 沈吟費回首 正是望鄉時

진화陳澕

청주 사람. 신종 때 과거에 급제하고 여러 번 옮겨 우사간이 됨. 공주 장관으로 죽다.

늦봄

물기 많은 뜨락에 이끼는 떼로 번지고
찾는 사람 없으니
낮에도 고요히 닫힌 사립문
푸른 섬돌에 쌓인 떨어진 꽃들을
이따금 샛바람이
쓸어 갔다 또 쓸어 오나니.

春晩

雨餘庭院簇莓苔 人靜雙扉晝不開 碧砌落花深一寸 東風吹去又吹來

簇(족)—모여 있는 모양. 떨기로 나다. 莓苔(매태)—이끼.

버들

봉성 서쪽 언덕에 만 가닥의 금빛 실들이
봄 시름을 실실이 당기더니
그윽히 어두운 그늘을 지었네.
그침 없는 거센 바람에 흔들리며
아른대는 이내를 끌어 실비 빚더니
아, 이제는 가을이 깊어졌네.

柳

鳳城西畔萬條金 句引春愁作暝陰 無限狂風吹不斷 惹煙和雨到秋深

金(금)—버들가지의 금빛. 句引(구인)—잡아당기다.

이혼李混

자는 태초(太初). 호는 몽암(蒙庵). 전의 사람. 충선 때 예문대사백첨의정사.

부벽루

절간에 스님은 안 보이고
강물은 고요히 스스로 흘러가는데
달도 없이 외로운 탑 뜰가에 서 있고
인적 없는 나루에는 빈 배만 누워 있다.
먼 하늘 날아가는 새는 어드메 가려는가.
드넓은 들판에 샛바람은 그치지 않고
적이 쓸쓸한 지난 일들
물을 곳 바이 없어
보랏빛 해거름에 나그네는 시름에 잠긴다.

浮碧樓

永明寺中僧不見 永明寺前江自流 月空孤塔立庭際 人斷小舟橫渡頭
長天去鳥欲何向 大野東風吹不休 往事微凉問無處 淡烟斜日使人愁

渡頭(도두)-나루. 진두(津頭). 斜日(사일)-지는 해.

이제현李齊賢

자는 중사(仲思). 호는 익재(益齋). 문정공 진의 아들. 충선왕을 모신 연저(燕邸)에서 조맹조 등과 사귀었다. 서촉으로 사신 갔다가 돌아와 김해군에 봉해졌다. 벼슬은 섭정승. 시호는 문충(文忠).

보덕굴

음산한 바람은 바위 굴속에서 나오고
시냇물은 깊어 더욱 푸르다.
지팡이 짚고 까마득한 산꼭대기 바라보니
높이 날아가던 처마가
어느새 흰구름 타고 돌아온다.

普德窟

陰風生岩谷 溪水深更綠 倚杖望層巓 飛簷駕雲來

駕雲(가운)-구름을 타다.

눈 내린 산중

얇은 이불은 춥고 등불은 어둑한데
어린 중은 밤새 종을 치지 않으니
종소리에 잠이 깬 나그네가
너무 일찍 문을 열어 화났나 보다.
그러나 뜰앞의 처진 소나무 가지에
쌓인 흰눈은 부디 보시라.

山中雪後

紙被生寒佛灯暗 沙彌一夜不鳴鍾 應嗔宿客開門早 要看庭前雪壓松

紙被(지피)—얇은 이불. 沙彌(사미)—어린 남자 중. 應嗔(응진)—아마 성내었으리.

구요당

산골 물 잔잔히 흐르는
돌길은 설핏 기울었는데

그 뉘 도인이 살고 있는지
그 빈 집 고요한 마당

쓰러진 나무에 봄이 와도 잎이 없어
진종일 벌떼는 풀꽃 찾아 목 메이네.

九曜堂

溪水潺潺石逕斜　寂寥誰似道人家　庭前臥樹春無葉　盡日山蜂咽草花

九曜堂(구요당)—집 이름. 구요(九曜)는 아홉 개의 별. 潺潺(잔잔)—물 흐르는 모양. 물 흐르는 소리.

연경延鏡

호는 암곡(岩谷). 벼슬은 태사. 문종 때 사람.

장연의 금사사

물도 산도 끝난 곳에 절이 있어
흰 갈매기와 학들이 함께 배회하고 있나니
큰 물결이 문을 때려 맑은 날에도 천둥소리요
모래 언덕이 난간에 잇닿아
저녁에는 흰모래 눈처럼 쌓이네.
솔바람이 뜯고 가는 녹색 거문고 소리
해당화 피어 빗속에 펼친 붉은 비단
사내들의 흥취란 고금에 한 가지
경치 찾는 나그네 쉬이 못 돌아오리.

長淵金沙寺

寺在水窮山盡處 白鷗黃鶴共徘徊 鯨波接戶晴雷壯 沙岸連軒晚雪堆
風裏綠琴松籟發 雨中紅錦海棠開 阿郎有興同古今 探勝游人趂未迴

鯨波(경파)—큰 물결. 松籟(송뢰)—바람이 소나무에 부는 소리. 阿郎(아랑)—남자를 다정히 부르는 소리.

이조년李兆年

자는 원로(元老). 경산 사람. 향공진사로 과거에 급제하여 벼슬은 정당문학 성산군. 시호는 문렬(文烈). 호는 매운(梅雲).

백화헌

꽃 심을 때는 자꾸 욕심내지 말고
가짓수 많아도 백을 넘지 말라.
눈 속의 매화 서리 덮은 국화
그 청초한 모습 밖에
헛된 자줏빛 덧없는 붉은빛은
모두 다 부질없는 것이거늘.

百花軒

爲報栽花更莫加 數盈於百不須過 雪梅霜菊淸標外 浪紫浮紅也漫多

不須過(불수과)-모름지기 과해서는 안 됨. 淸標(청표)-고상하고 청초한 모습. 浪紫浮紅(낭자부홍)-허랑한 자줏빛과 부화한 붉은빛. 漫多(만다)-부질없이 많음.

이담지李湛之

고종 때 사람. 이인로, 오세재, 임춘, 조통, 황보항, 함순 등과 벗이 되어 세상에서는 강좌칠현이라 부르고 죽림칠현과 비교한다. 경주 사람.

고목

푸른 산 그늘에
거꾸로 서 있는 흰 규룡*이여
도끼 든 사람 너를 멀리한 지 오래되었다.
탄식하노니 봄바람이 불어 가건만
다시는 옛 가지에 꽃 필 생각이 없다.

枯木
白虯倒立碧山陰 斤斧人遙歲月深 堪歎春風吹又過 舊枝無復有花心

*흰 규룡(白虯 백규)—규룡은 뿔이 돋친 용의 새끼. 하얗게 고사한 나무의 형용.

최해崔瀣

자는 언명(彦明). 호는 졸옹(拙翁). 최치원의 후예로 불우했다. 저서로 『예산은자전』이 있다.

눈 오는 밤에

삼 년 귀양살이에 병치레도 잦아
한 칸 방의 생애가 중같이 되었구나.
사방의 깊은 산에 눈이 쌓이고
아무도 찾아오는 사람 없으니
끝없는 바다 물결 소리 들으며
홀로 등불 돋우는 마음이여.

縣齋雪夜

三年竄逐病相仍 一室生涯轉似僧 雪滿四山人不到 海濤聲裏坐挑燈

찬축(竄逐)—멀리 귀양 가다. 仍(잉)—자주. 거듭. 挑燈(도등)—등불을 돋우다.

권한공權漢功

호는 일재(一齋). 안동 사람. 벼슬은 정승. 시호는 문탄(文坦).

대동강 선창에 쓰다

물가 푸른 나무가 엷은 봄볕에 지은 그늘은
푸른 연기처럼 어슴푸레하기만 한데
강물 위 푸른 산의 저녁빛이 짙어라.
완연히 물속인 듯
먼지 가까운지 가늠되지 않으나
꽃다운 섬 어디선가 들려오는
아련한 죽지가 노랫소리.

書大同江船窓

磯邊綠樹春陰薄 江上青山暮色多 宛在水中迷遠近 芳洲何處竹枝歌

磯邊(기변)-물가. 芳洲(방주)-풀이 향기로운 섬이나 모래톱. 竹枝歌(죽지가)-남녀의 정사 또는 지방의 풍속을 읊은 노래.

정포鄭誧

자는 중부(仲孚). 호는 설곡(雪谷). 충혜왕 때 사의대부로 있다가 울주로 좌천되었다.

구월 구일

땅이 궁벽하여 가을이 다 가는데
산이 추워 국화도 안 피었네.
병을 알고 있으니 마음 더욱 괴롭고
가난을 깨달으매 외상술도 어려워라.
들길에서 보는 하늘은 드넓은데
마을 터는 벌써 햇발이 기울었다.
나그네의 회포를 풀 길이 없어
땅거미 디디며 시골집을 지나간다.

重九

地僻秋將盡 山寒菊未花 病知心愈苦 貧覺酒難賒
野路天容大 村墟日脚斜 客懷無以遣 薄暮過田家

重九(중구)-음력 구월 구일. 賒(사)-외상으로 사다. 日脚(일각)-햇발.

한수韓脩

자는 맹운(孟雲). 호는 유항(柳巷). 청주 사람. 15세에 과거에 급제. 초서와 예서를 잘 썼다. 청성군에 봉해지고 시호는 문경(文敬).

두시에 차운하다

오늘도 또한 저물었다 하니
백년도 참으로 슬픈 일이리.
마음은 몸을 위한 심부름꾼이거니
늙음과 병이 서로 따르네.
연기 식었으니 이미 향불 꺼진 뒤요
창이 밝아 오니 어느새 달이 오를 때구나.
회포가 있으나 만날 사람 없어
애오라지 옛사람의 시에 답할 뿐이네.

夜坐次杜詩韻

此日亦云暮 百年眞可悲 心爲形所役 老與病相隨
篆冷香殘後 窓明月上時 有懷無與晤 聊和古人詩

杜詩(두시)–당나라 시인 두보의 시. 篆(전)–전자(篆字) 모양으로 꼬불꼬불 피어오르는 향불의 연기 모양.

설손偰遜

자는 공원(公遠). 호는 근사재(近思齋). 회골 사람. 원나라의 진사. 적을 피해 우리나라로 왔다. 공민왕이 부원군으로 봉하고 경주로 호적을 내렸다.

다듬이질 노래 본받아

밝고도 밝은 하늘의 달이
이리도 긴 가을밤을 비추는데
슬픈 바람은 서북쪽에서 불어오고
귀뚜라미는 내 침상에서 우네.
당신은 멀리 수자리 살러 떠나고
이 몸은 텅 빈 이 방을 지키고 있네.
텅 빈 방이 한스럽지는 않으나
추운 곳 솜옷 없는 당신이 못내 근심이네.

擬戍婦擣衣詞

皎皎天上月 照此秋夜長 悲風西北來 蟋蟀鳴我牀
君子遠行役 賤妾守空房 空房不足恨 感子寒無裳

戍婦(수부)–수자리(국경을 지키는 일) 살러 떠난 남자의 부인. 擣衣詞(도의사)–다듬이질 노래. 皎皎(교교)–달이 밝은 모양. 君子(군자)–남편.

이색李穡

자는 영숙(穎叔). 호는 목은(牧隱). 이곡(李穀)의 아들로서 그 아버지를 이어 과거에 급제하다. 원나라에서 한림지제고를 주고 공민왕 때에는 문하시중이 되다. 본조(本朝)에서는 한산백으로 봉하다. 시호는 문정(文靖).

새벽 즉흥시

물은 풍로에서 끓고
까치는 처마에서 울고
늙은 아내는 세수하고 머리 빗고
음식에 간을 맞추네.

해가 중천에 오르도록
명주 이불이 따뜻하니
한 조각 하늘과 땅을
한숨 낮잠에 맡겼네.

晨興卽事

湯沸風爐鵲噪簷 老妻盥櫛試梅鹽 日高三丈紬衾煖 一片乾坤屬黑甛

盥櫛(관즐)–낯을 씻고 머리를 빗음. 試梅鹽(시매염)–음식의 간을 맞추는 것. 黑甛(흑첨)–낮잠.

밀양 박선생을 찾다

복사꽃 밑 은은한 달빛 속에서
다투어 긴 가지를 끌어당기며
술통 위에 꽃잎을 흰눈처럼 뿌렸었지.
그때 함께 놀던 사람 몇이나 남았는가.
스스로도 가여워 그림자를 데리고
다시금 홀로 찾아왔느니.

訪密陽朴先生

碧桃花下月黃昏 爭挽長條雪灑罇 當日同遊幾人在 自憐携影更敲門

灑罇(쇄준)-술통에 뿌리다. 준(罇)은 술통으로 준(樽), 준(尊)과 같은 뜻. 敲門(고문)-문을 두드림. 사람을 찾음.

동정에게

늦봄 좁은 길에 지나는 사람 적은데
복사꽃 오얏꽃이 많이도 떨어졌네.
기억하느니 지난해 정자에 앉아 있을 때
보슬비는 고운 발을 치고
술잔에서는 잔물결 일었었지.

寄東亭

春深門巷少經過 桃李花開落又多 記得去年亭上坐 一簾踈雨酒生波

門巷(문항)–문으로 들어가는 골목길. 記得(기득)–기억함. 득(得)은 조자(助字).

회포를 풀다

홀연히 빠른 반백년 세월
동해의 모퉁이에서 창황히 보냈다.
내 사는 모습 원래
조심조심 몸 둘 바를 몰라 하는데
세상 길 또한 험준하기 짝이 없다.
혹 때로 백발은 있지만
그 어디에도 청산은 없다.
나직이 읊어 보나 그 뜻 끝이 없어
마른 나무처럼 오뚝이 앉아 있다.

遣懷

倏忽百年半 蒼黃東海隅 吾生元跼蹐 世路亦崎嶇
白髮或時有 靑山何處無 微吟意不盡 兀坐似枯株

遣懷(견회)—회포를 풀다. 倏忽(숙홀)—갑작스럽게 빠름. 跼蹐(국척)—황송하여 몸을 펴지 못함.

찬바람

찬바람은 서북쪽에서 불어오고
나그네는 고향을 생각한다.
근심에 잠겨 잠 못 드는 긴 밤은
등불만이 내 침상에 흔들린다.
옛날의 도는 이미 멀리 떠났다 하고
보이는 것은 날아가는 뜬구름뿐.
슬프도다, 뜰아래 소나무여
세밑이 되니 더욱 더 푸르구나.
바라거니 사귀는 정 돈독히 하고
귀하신 몸 잘 보전하시라.

寒風

寒風西北來 客子思故鄕 悄然共長夜 燈火搖我牀 古道已云遠
但見浮雲翔 悲哉庭下松 歲晩逾蒼蒼 願言篤交誼 善保金玉相

願言(원언)-바라건대. 언(言)은 조자(助字). 金玉相(금옥상)-금과 옥처럼 귀한 몸.

정몽주鄭夢周

자는 달가(達可). 호는 포은(圃隱). 이학(理學)은 우리 동방의 조(祖). 공양왕 때에 문하시중. 본조(本朝)에서는 영의정에 추증함. 시호는 문충(文忠). 문묘에 배향되다.

봄의 흥취

봄비는 가늘어 방울지지 않는데
밤중이면 미묘한 소리가 있다.
눈이 다 녹으니
남쪽 시냇물이 찰랑찰랑 넘치고
풀싹은 어느새 많이도 돋아났구나.

春興

春雨細不滴 夜中微有聲 雪盡南溪漲 草芽多少生

아낙네의 원한

한 번 떠난 뒤
여러 해 동안 소식 없으니
수자리의 삶과 죽음 그 누가 알리.
오늘 처음으로 솜옷 지어 부치나니
울며 보내고
돌아올 때 뱃속에 아기 있었네.

征婦怨

一別年多消息稀 塞垣存沒有誰知 今朝始寄寒衣去 泣送歸時在腹兒

征婦(정부)–남편이 수자리에 간 여자. 塞垣(새원)–국경 변방의 보루. 存沒(존몰)–삶과 죽음.

일본에 사신으로 가며

물나라에 봄빛이 움직이는데
하늘 끝 나그네는 나아가지 못하네.
풀은 어디서나 똑같이 푸르고
달은 서로 다른 고을에도 함께 밝으리.
유세 다니며 돈은 다 떨어지고
고향 생각에 흰머리는 늘어나는데
사내장부가 사방에 다니며 뜻을 펴는 것은
공명만을 위한 것은 아니라네.

奉使日本

水國春光動 天涯客未行 草連千里綠 月共兩鄉明
遊說黃金盡 思歸白髮生 男兒四方志 不獨爲功名

여관에서

한평생 남이라 북이라 돌아다니는
이 내 심사는 더욱 발버둥친다.
고국은 바다 건너 저 서해안
외로운 배만 하늘 끝으로
안타까이 띄우고 띄우는 마음.
창 앞의 매화에는 봄빛 아직 이르고
판잣집에 빗소리는 요란하다.
외로이 앉아 긴 날을 보내니
괴로운 집 생각 어찌 견디리.

旅寓

平生南與北 心事轉蹉跎 故國海西岸 孤舟天一涯
梅窓春色早 板屋雨聲多 獨坐消長日 那堪苦憶家

蹉跎(차타)–때를 놓침. 발버둥침. 那堪(나감)–어찌 견디리.

이숭인李崇仁

자는 자안(子安). 호는 도은(陶隱). 경산 사람. 벼슬은 밀직부사. 정몽주 당에 의해 관직을 삭탈당하고 귀양살이 가서 죽었다.

스님의 띠집

산의 남쪽과 북쪽을 가르는 오솔길
비 머금은 솔 꽃이 어지러이 떨어진다.
스님이 물을 길어
띠를 이은 작은 초막으로 돌아오나니
한 가닥 푸른 연기
흰구름을 물들인다.

題僧舍

山北山南細路分 松花含雨落繽紛 道人汲井歸茅舍 一帶靑煙染白雲

繽紛(빈분)-어지러운 모양. 道人(도인)-여기서는 스님. 茅舍(모사)-띠집.

길재吉再

자는 재보(再父). 호는 야은(冶隱). 해평 사람. 고려 말기에 과거에 급제하여 주서로 있다가 이조에서 여러 번 불렀으나 응하지 않고 집에서 죽었으니 충효를 모두 갖추었다. 세종은 그 절의를 기리어 좌간의대부로 추증했다.

한가하게 살며

시냇가 초막에서 한가하게 지내니
달 밝고 바람 맑아
마음에 이는 느낌도 많다.
찾는 사람 없고 산새는 지저귀니
대나무 언덕에 책상을 옮겨 놓고
편히 누워 책을 읽는다.

閒居

臨溪茅屋獨閒居 月白風淸興有餘 外客不來山鳥語 移床竹塢看書

茅屋(모옥)—띠집. 누추한 집. 竹塢(죽오)—대나무 언덕.

원천석元天錫

호는 운곡(耘谷). 원주 사람으로서 진사. 고려 말에 원주 치악산에 숨어 나오지 않았음.

양구읍을 지나며

부서진 집에서 새들이 서로 부르고
백성들 도망가고 나니 관리 또한 없다.
해마다 폐단의 몹쓸 병 더해 가니
그 언제 즐거움을 얻으리.
논밭은 모두 권세 있는 사람에게 돌아가고
문 밖은 사나운 무리들이 연이으니
남은 사람들 더욱 불쌍하여라.
그 고통이 필경 누구의 잘못인가.

過楊口邑

破屋鳥相呼 民逃吏亦無 每年加弊瘼 何日得歡娛
田屬權豪宅 門連暴虐徒 孑遺殊可惜 辛苦竟誰辜

弊瘼(폐막)—없애기 어려운 폐해. 못된 병통. 孑遺(혈유)—나머지. 잔여.

설장수偰長壽

자는 천민(天民). 호는 운재(芸齋). 손(遜)의 아들. 공민왕 때에 과거에 급제하고 벼슬은 판삼사사.

고기잡이 늙은이

덧없는 이름 좇아 허둥거리지 않고
한평생 수운향*을 찾아다녔네.

잔잔한 호수에 봄이 따뜻하니
아른아른 안개는 아득한 천리
옛 언덕에 가을 깊어
달빛은 한 배에 가득하여라.

서울 거리의 붉은 티끌은 꿈도 꾸지 않고
푸른 삿갓과 도롱이로 일생을 함께하네.
뱃노래 한 가락의 흥취에
인간 세상 벼슬을 어찌 부러워하리.

漁翁

不爲浮名役役忙 生涯追逐水雲鄕 平湖春暖煙千里 古岸秋高月一航
紫陌紅塵無夢寐 綠蓑靑蒻共行藏 一聲欸乃歌中趣 那羨人間有玉堂

*수운향(水雲鄕)—물이 흐르고 구름이 떠도는 곳이라는 뜻으로 속기(俗氣)를 벗은 깨끗하고 맑은 곳. 役役(역역)—일을 열심히 하는 모양. 紫陌(자맥)—서울의 거리. 綠蓑靑蒻(녹사청약)—푸른 삿갓과 도롱이. 약(蒻)은 부들풀로 엮은 삿갓의 뜻. 行藏(행장)—나가서 일을 행함과 물러가서 숨음. 欸乃(애내)—뱃노래. 玉堂(옥당)—홍문관의 다른 이름.

조선전기

권근權近

자는 가원(可遠). 호는 양촌(陽村). 안동 사람. 공민왕 때에 과거에 급제하고 조선에 벼슬하여 찬성사가 되고 길창군에 봉해지다. 시호는 문충(文忠).

봄날 성남에서

문득 봄바람이 부니
청명도 벌써 다가왔구나.

보슬보슬 가랑비가 저녁에야 개이고

집 모퉁이 살구꽃 활짝 피려 하는데
이슬 맺힌 가지가 나를 향해 기울었네.

春日城南卽事

春風忽已近淸明 細雨霏霏成晩晴 屋角杏花開欲遍 數枝含露向人傾

晩晴(만청)-저녁에 비가 개임. 屋角(옥각)-집 모퉁이.

정도전鄭道傳

자는 종지(宗之). 호는 삼봉(三峰). 봉화 사람. 공민왕 때 과거에 급제하고 조선 이태조의 개국을 도와 봉화백으로 봉해지고, 벼슬은 판삼군부사에 이르다.

사월 초하루

산새 울음 그치고
지는 꽃잎은 날고

나그네 돌아오지 않았는데
봄은 벌써 돌아가네.

문득 남쪽 바람이 무슨 생각 있어
자꾸만 불어 쌓더니
뜰의 풀이 벌써 다 우거졌네.

四月初一日

山禽啼盡落花飛 客子未歸春已歸 忽有南風情思在 解吹庭草也依依

客子(객자)—나그네. 也(야)—무의미한 조사. 依依(의의)—무성한 모양. 사모하는 모양. 확실하지 않은 모양.

김거사의 시골집을 찾다

쓸쓸한 가을 구름
한없이 고요한 산들

소리 없이 지는 잎은 땅을 붉게 물들였구나.

시냇물 다리에 말 세우고 길을 묻는데
내 몸이 그림 속에 있는 줄은 모르네.

訪金居士野居

秋雲漠漠四山空 落葉無聲滿地紅 立馬溪橋問歸路 不知身在畵圖中

野居(야거)-시골집. 漠漠(막막)-끝없이 넓은 모양. 소리 없는 모양.

정총鄭摠

자는 만석(曼碩). 호는 복재(復齋). 추(樞)의 아들. 태조 때에 서원군에 봉해지고 병자년에 명나라에 끌려가 죽다. 시호는 문민(文愍).

봄비

보슬비가 때를 알아
새벽바람에 가는 실처럼 날린다.
처마의 거미줄은 이슬 맺혀 젖었고
뜰아래 제비 진흙은 다 녹았다.
버들은 은은한 녹색빛이 아른거리고
꽃봉오리는 서둘러 붉은색을 물들이는데
한 번의 쟁기질로 젖은 흙을 이랑 지으니
농부의 얼굴에는 기쁜 빛이 피어난다.

春雨

霢霂知時節 廉纖逐曉風 簷間蛛網濕 階下燕泥融
着柳溟濛綠 催花蓓蕾紅 一犁敷土脈 喜色屬田翁

霢霂(맥목)-가랑비. 가랑비가 보슬보슬 내리는 모양. 廉纖(염섬)-가랑비 오는 모양. 溟濛(공몽)-가랑비가 자욱이 오는 모양. 蓓蕾(배뢰)-꽃봉오리. 敷土脈(부토맥)-토지를 구획함. 이랑을 지어 나눔.

권우權遇

자는 중려(中慮). 호는 매헌(梅軒). 근(近)의 동생. 우왕 때 과거에 급제하고, 뒤에 조선에 벼슬하여 예문제학을 지냈다.

가을날 절구

푸른 대나무 그림자가
책상 위를 조용히 기웃거리는데
어디선가는 국화의 맑은 향기
나그네 옷깃에 가득 배었으리.

떨어진 나뭇잎도 다시 살아나
뜰 가득 비바람에 날아다닌다.

秋日絕句

竹分翠影侵書榻 菊送淸香滿客衣 落葉亦能生氣勢 一庭風雨自飛飛

書榻(서탑)-책상

개암사에 묵으며

돌길을 돌고 돌아 푸른 산중턱
나귀 내려 지팡이 짚고 절에 이르렀다.
선비들 시 읊는 자리에 달은 밝고
등불은 선정에 든 중의 옷자락을 비친다.
도를 말하지만 누가 도를 깨쳤는지 알 수 없으니
세상을 따르는 게 어찌 세상을 잊음만 하겠는가.
하룻밤에도 깨달음을 얻는다 일찍이 들었는데
나 또한 예전부터 세상 시비 끊고 산다.

宿開岩寺

石逕縈廻上翠微 放驢扶杖到禪扉 月明措大吟詩席 燈映闍梨入定衣
論道未知誰得道 應機爭似自忘機 曾聞一宿曾成覺 我亦從前絶是非

翠微(취미)―산꼭대기에서 조금 내려온 곳. 파란 산 기운. 措大(조대)―서생. 闍梨(사리)―사범되는 승려. 승려의 칭호. 忘機(망기)―세상 일을 잊음. 기(機)는 마음의 꾸밈.

변계량卞季良

자는 거경(巨卿). 호는 춘정(春亭). 중량(仲良)의 동생. 우왕 때인 십칠 세에 과거에 급제. 뒤에 조선에 벼슬하여 찬성을 지내고 문형을 맡음. 시호는 문숙(文肅). 문형은 이에서 비롯함.

자강의 운을 따라

문 닫은 맑고 고요한 방
정결한 까만 책상 위
반듯이 놓인 한 권의 경전.

초승달이 숲에 들어
가늘게 떨리는 그림자
외로운 등불 하나 밤새 비치고.

次子剛韻

關門一室淸 烏几淨橫經 纖月入林影 孤燈終夜明

烏几(오궤)—까만 책상. 纖月(섬월)—초승달.

김시습金時習

자는 열경(悅卿). 호는 매월당(梅月堂). 강릉 사람. 다섯 살에 글을 지어 신동이라 하였다. 스무 살에 삼각산에서 글을 읽다가 단종이 왕위를 내놓았다는 말을 듣고 통곡하면서 책을 모두 불살라 버리고 불교에 들어갔다. 나이 오십구 세에 죽으면서 화장하지 말라고 유언했다.

산길을 가며

아이는 잠자리를 잡고
늙은이는 울타리를 고치고 있는데
작은 시내 봄물에 물새들이 미역감네.
청산 끊어진 곳에 돌아갈 길 아득하니
지팡이 하나 어깨에 가로 메네.

山行卽事

兒捕蜻蜓翁補籬 小溪春水浴鸕鷀 靑山斷處歸程遠 橫擔烏藤一箇枝

蜻蜓(청정)—잠자리. 鸕鷀(노자)—가마우지. 烏藤(오등)—중이 좌선할 때나 설법할 때 쓰는 지팡이.

어디가 가을이 깊어 좋은가

그 어디가 가을이 깊어 좋은가.
숨어 사는 이의 집에 가을이 깊다.
새로운 시는 낙엽에 쓰고
저녁 찬으로 울타리의 꽃을 줍는다.
나뭇잎 떨어지자 산봉우리 여위고
이끼가 깊어 한 줄기 오솔길이 멀다.
도인의 책들 책상 위에 쌓아 두고
아침놀을 대하며 눈을 지그시 감는다.

何處秋深好

何處秋深好 秋深隱士家 新詩題落葉 夕膳掇籬花
木脫千峰瘦 苔深一徑賖 道書堆玉案 瞑目對朝霞

隱士(은사)-입신출세를 바라지 않고 숨어 사는 선비. 道書(도서)-도교에 관한 책.

잠시 개었다 비 오고

개었다 비 오고 오다가 다시 개니
날씨마저 이러한데 세상 인심 오죽하랴.
나를 칭찬하다가 곧 다시 나를 헐뜯고
공명이 싫다더니 되려 공명 찾아 날뛰네.
꽃이야 피든 지든 봄이야 알 리 없고
구름이 가건 오건 산은 다투지 않네.
말하노니 세상 사람들아, 부디 기억해 두라.
기쁨은 평생에 어디서나 얻을 수 있나니.

乍晴乍雨

乍晴還雨雨還晴 天道猶然況世情 譽我便應還毁我 逃名却自爲求名
花開花謝春何管 雲去雲來山不爭 寄語世人須記憶 取歡無處得平生

무제

종일 짚신 신은 다리만 믿고 걷나니
산 하나 지나고 나면
또 다른 푸른 산이 연이어지는데
마음에 아무 생각이 없으니
어찌 몸에 부림을 당하리오.
도는 본래 이름이 없으니 어찌 거짓 이루리.
간밤 이슬 마르기도 전 산새는 지저귀고
끝없는 봄바람에 들꽃 더욱 밝아라.
대나무 지팡이로 돌아가는 산봉우리 고요하고
저녁비 개인 푸른 절벽에 이내가 아른거리네.

無題

終日芒鞋信脚行 一山行盡一山青 心非有想奚形役 道本無名豈假成
宿露未晞山鳥語 春風不盡野花明 短筇歸去千峰靜 翠壁亂煙生晚晴

信脚(신각)–발을 믿고 발 닿는 대로 가는 것. 形役(형역)–마음이 몸의 부림을 당하는 것.

서거정徐居正

자는 강중(剛中). 호는 사가(四佳). 대구 사람. 세종 때 문과에 급제하고, 벼슬은 우찬성. 문형을 지냈다. 달성군(達成君). 시호는 문충(文忠).

가을바람

띠집 서재가 대밭 길로 이어졌는데
가을날 맑은 햇살이 참으로 곱다.
과일이 익으니 가지는 무거워 처지고
차가운 날씨에 오이 붙은 줄기는 드물다.
벌들은 쉼 없이 날아다니는데
한가로운 오리 한 쌍 서로 의지해 잔다.
몸과 마음 고요함을 이제 깊이 알았나니
물러나 사는 뜻이 어그러지지 않았다.

秋風

茅齋連竹逕 秋日艶晴暉 果熟擎枝重 瓜寒著蔓稀
遊蜂飛不定 閒鴨睡相依 頗識身心靜 棲遲願不違

棲遲(서지)—은퇴하여 삶. 놀며 지냄. 유식(遊息).

국화가 피지 않아

올해는 국화꽃이 좀 더디게 피어
동쪽 울타리*에서 느껴보는
가을의 한 맑은 정취를 저버리네.
서쪽 바람이 너무나 무정하여
국화에는 들지 않고
내 흰 머리털에만 들었네.

菊花不開悵然有作

佳菊今年開較遲　一秋淸興謾東籬　西風大是無情思　不入黃花入鬢絲

*동쪽 울타리(東籬)–도연명의 「음주」라는 시에 '동쪽 울타리 밑에서 국화를 따노라니/유연히 남산이 눈에 들어온다.' 라는 구절이 있다. 鬢絲(빈사)–귀 옆에 난 흰 머리털. 살쩍.

강희맹姜希孟

자는 경순(景醇). 호는 사숙재(私淑齋). 강희안의 동생. 세종 정묘년 과거 장원 급제. 호당에 뽑힘. 벼슬은 찬성. 진산군(晉山君). 시호는 문량(文良).

홀로 읊다

남쪽 창가에 종일 앉아
세상일 잊었거니
뜰에 사람은 없고
새만 날갯짓을 익히나니

그윽한 풀 향내 찾기 어려운 곳
맑은 연기 지는 해에 보슬비가 내리네.

病餘獨吟

南窓終日坐忘機 庭院無人鳥學飛 細草暗香難覓處 淡煙殘照雨霏霏

忘機(망기)—세상일을 잊음. 기(機)는 마음의 꾸밈. 殘照(잔조)—지는 햇빛. 霏霏(비비)—비나 눈이 부실부실 내리는 모양.

성간成侃

자는 화중(和仲). 호는 진일재(眞逸齋). 문종 계유년 과거에 급제하고, 벼슬은 수찬. 30세에 일찍 죽다.

어부

첩첩 깊고 깊은 청산에
몇 골짝 골짝의 안개인지라
세상 티끌은 흰 갈매기 곁에 오지 못하네.
고기잡이 늙은이는 무심하지 않아서
한 배 가득 서강 달을 맡아서 다스리네.

漁夫

數疊青山數谷烟 紅塵不到白鷗邊 漁翁不是無心者 管領西江月一船

紅塵(홍진)-시끄럽고 번화한 속세.

김종직金宗直

자는 효온(孝昷). 호는 점필재(佔畢齋). 선산 사람. 세조 기묘년 과거에 급제하고, 벼슬은 형조판서. 시호는 문간(文簡). 문장이 일세에 뛰어났음. 연산군 때의 화가 저승에까지 미쳤다.

제천정의 운을 이어

강바람이 꽃잎 날리고 버들가지 꺾는데
흔들리는 돛 그림자를 가로지르는
한 줄기 저녁 기러기.
한 조각 고향 생각에 문득 기둥에 기대니
술통 위로 지나가네
날아가던 흰구름.

次濟川亭韻

吹花劈柳半江風 檣影搖搖背暮鴻 一片鄕心空倚柱 白雲飛度酒船中

搖搖(요요)-흔들흔들 흔들리는 모양. 酒船(주선)-술을 짜는 통.

보천탄에서

복사꽃 뜬 물결이 몇 자나 높아
은물결 부서지던 돌덩이가
머리까지 잠겨 보이지 않으니
가마우지 한 쌍 정든 돌을 잃고는
고기 물고 도리어 수초 속으로 들어간다.

寶泉灘卽事

桃花浪高幾尺許 銀石沒頂不知處 兩兩鸕鷀失舊磯 啣魚却入菰蒲去

桃花浪(도화랑)–복사꽃이 떠 있는 물결. 銀石(은석)–물결이 하얗게 부서지는 돌의 모양. 菰蒲(고포)–수초. 줄과 부들.

서울에 들어가며

애써 처자식 살리기 위해
고향의 봄을 헛되이 저버렸다.
내일은 찬 음식을 먹어야 하니
객지의 나그네 눈물이 나려 한다.
꽃 피는 일은 볼수록 늦어 가는데
농사짓는 일은 곳곳에서 새롭다.
부끄럽도다, 호해의 눈을 가지고
지짓기리의 디끌에 징님이 되려 하니.

入京

强爲妻孥計 虛抛故國春 明朝將禁火 遠客欲沾巾
花事看看晩 農功處處新 羞將湖海眼 還眯市街塵

妻孥(처노)—처와 자식. 禁火(금화)—한식 명절을 말함. 동지 뒤 105일 되는 날로서 찬밥을 먹으며 성묘를 함. 湖海(호해)—호걸의 기풍이 있는 재야의 인사. 眯(미)—눈에 티가 들어 잘 볼 수 없음.

청심루의 운을 받아

띠집 울타리 끝에 배를 매니
새와 고기 의연히 내 얼굴을 알아본다.
앓고 난 뒤에도 여전히 지팡이와 짚신은 지녀
귀양 가는 길에 겨우 강산을 구경한다.
지난 십 년 세상사 외로이 읊나니
어느덧 어지러이 잎 지는 가을이구나.
잠시 난간에 기대어 북쪽을 바라보는데
뱃사공이 재촉하며 틈을 주지 않는구나.

次淸心樓

維舟茅舍棘籬端 魚鳥依然識我顔 病後猶能撰杖屨 謫來纔得賞江山
十年世事孤吟裏 八月秋容亂樹間 一霎倚樓仍北望 篙師催載不敎閒

維舟(유주)—배를 잡아맴. 一霎(일삽)—잠깐. 잠시. 屨(구)—짚신. 미투리. 가죽신.

남이南怡

의령 사람. 태종의 외손. 나이 17세에 무과에 장원하고, 서와 북을 정벌하여 모두 공을 세우다. 이십육 세 때 병조판서가 되었다. 예종 초에 유자광의 모함을 입어 죽다.

북을 정벌할 때

백두산 돌은 칼을 갈아 다하고
두만강 물은 말을 먹여 없앤다.
사나이 이십 세에 나라 평정 못하면
후세에 그 누가 대장부라 일컬으리.

北征時作

白頭山石磨刀盡 豆滿江水飮馬無 男兒二十未平國 後世誰稱大丈夫

김굉필金宏弼

자는 대유(大猷). 호는 한훤당(寒暄堂). 서흥 사람. 생원과 급제하고, 벼슬은 형조좌랑. 점필재의 문인으로 성리학을 처음으로 주창하다. 연산군 때 갑자사화에 화를 입다. 영의정을 추증받고 시호는 문경(文敬). 문묘에 배향되다.

회포

왕래 끊고 한가하게 홀로 있어
밝은 달을 불러
이 외로움과 가난을 비치게 할 뿐.
그대여 내 생애의 일 묻지 말라.
물안개 아득한 만 이랑 흰 물결에
첩첩한 산들이 있네.

書懷

處獨居閒絶往還 只呼明月照孤寒 憑君莫問生涯事 萬頃烟波數疊山

孤寒(고한)-가난하고 한미함. 憑君(빙군)-그대에게 의뢰함 또는 부탁함.

조위曺偉

자는 태허(太虛). 호는 매계(梅溪). 창녕 사람. 성종 갑오년 문과에 급제하고 호당에 뽑힘. 벼슬은 호조참판. 순천으로 귀양 가서 죽다.

객관에서

맑은 밤 빈 누각에 앉으니
가을의 소리 숲에서 들려온다.
물이 맑으니 산 그림자 지고
달이 떠올라 이슬 꽃 뿌려진다.
멀리서 들려오는 처음 듣는 새 울음소리.
먼 곳 깊은 물속으로 지나가는 물고기.
이런 때는 세상 생각 다 끊어지고
그윽한 느낌이 붓 끝에 모인다.

永興客館

淸夜坐虛閣 秋聲來樹間 水明山影落 月上露華漙
怪鳥啼深野 潛魚過別灣 此時塵慮靜 幽興集毫端

漙(단)—이슬이 많이 내린 모양. 毫端(호단)—붓끝.

이주李胄

자는 주지(胄之). 호는 망헌(忘軒). 고성 사람. 성종 기유년 문과에 급제하고 호당에 뽑힘. 벼슬은 정언. 연산 때 진도에서 귀양살이하다가 원한으로 죽다.

부질없는 말

늙어 추위 겁나고 병은 더욱 깊어 가는데
처마 끝 아침 해 바라보며 방석에 앉아 있네.

이웃 중 떠나고 도로 문 닫으니
돌난간을 지나가는
산 구름만 있을 뿐.

漫成

老怯風霜病益頑 一簷朝旭坐蒲團 隣僧去後門還掩 只有山雲過石欄

漫成(만성)—깊이 생각하지 않고 입에서 나오는 대로 지껄이는 부질없는 말. 또 그러한 말로 지은 글.

중에게

종소리가 달을 두드리다가
이내 가을 구름 속에 사라지고
산비 보슬보슬 내리는데
그대는 보이지 않고

문 닫은 염정*의 불만 가물거리는데
깊은 밤 시내 건너 들려오는 사람 소리.

寄僧

鍾聲敲月落秋雲 山雨翛翛不見君 鹽井閉門惟有火 隔溪人語夜深聞

*염정(鹽井)-염전에서 짠물을 길어 소금을 만드는 움막집. 翛翛(소소)-날개가 찢어지는 모양. 비 오는 소리.

밤에 홀로 앉아

음침한 바람 소리 처참하고
비는 줄줄 내리고
바다 기운은 하늘까지 이었는데
돌 움집은 깊고 깊어라.
덧없는 삶이여, 이 밤 흰머리만 남았나니
등불 켜고 이따금 초심을 돌아본다.

夜坐

陰風慘慘雨淋淋 海氣連天石竇深 此夜浮生餘白首 點燈時復顧初心

慘慘(참참)–처참한 모양. 淋淋(임림)–비가 오는 모양. 石竇(석두)–바위에 구멍을 뚫어 만든 움집.

강혼姜渾

자는 사호(士浩). 호는 목계(木溪). 진주 사람. 성종 병오년 문과에 급제하고 호당에 뽑힘. 중종반정 때 정국공신에 참여하여 진주군이 되고, 벼슬은 좌찬성. 시호는 문간(文簡).

그 집

옛 고을 까마귀 우는 해거름
눈 개인 강가 오솔길은
구불구불 실낱처럼 가늘구나.
마을 집들은 나무 그늘에 기대었는데
흰 판자 사립문에
대울타리 그림자 비쳐 있다.

三嘉雙明軒

古縣鴉鳴日落時　雪晴江路細逶迤　人家處處依林樾　白板雙扉映竹籬

逶迤(위이)—구불구불한 모양. 樾(월)—나무 그늘. 가로수.

인상인에게

그대는 무슨 일로 괴로이 시를 찾는가.
설명하기 어려운 오묘한 뜻 사람들은 모른다.
골짜기의 솔바람 소리는 중이 선정에 든 뒤이고
다락의 가득한 산빛은 눈이 개인 때이다.
숲이 차가와 아무도 모르는
깊은 곳 못물은 일찍이 얼고
절이 멀어 성긴 종소리는
골짜기를 더디 나온다.
오늘은 그대 만나 좋은 경치를 읊지만
훗날을 생각하면 하마 머리도 세었으리.

贈印上人

問渠何事苦求詩 妙在難言人不知 半壑松聲僧定後 滿樓山色雪晴時
林寒幽沼凝氷早 寺逈踈鍾出洞遲 此日逢君吟好景 他年相憶鬢如絲

渠(거)—그. 그 사람. 어찌. 絲(사)—실처럼 하얗게 센 머리털을 형용함.

이별李鼈

자는 낭선(浪仙). 호는 장륙(藏六). 진사에 급제. 무오사화 뒤에 과거에 나아가지 않았다. 평산에 살면서 방랑하다가 죽었다.

거리낌없이 하는 말

나는 우는 닭을 죽이려다가
순임금 같은 성인이 있다는 게 두려웠네.
비록 죽이지 않으려고 했으나
또한 도척 같은 횡포가 있었네.
바람과 비가 그치지 않고 울 때
순과 도척이 다 같이 듣고 있네.
선과 악이 각기 쉼 없이 부지런하니
울지 않는 것은 닭의 본성이 아니리.

放言

我欲殺鳴鷄 恐有舜之聖 雖欲不殺之 亦有跖之橫
風雨鳴不已 舜跖同一聽 善惡各孜孜 不鳴非鷄性

放言(방언)–아무 거리낌없이 하는 말. 舜(순)–중국 고대의 성왕. 跖(척)–중국 고대의 가장 흉악한 도적인 도척(盜跖). 孜孜(자자)–부지런히 힘쓰는 모양.

김정金淨

자는 원충(元冲). 호는 충암(沖庵). 경주 사람. 중종 정묘년 과거에 장원 급제하고 호당에 뽑힘. 벼슬은 형조판서. 기묘년에 화를 입었다. 시호는 문간(文簡).

길가 소나무

바닷바람 불어 슬픈 소리 웅장하고
산달이 높이 오르니
여윈 그림자가 성기다.
참 뿌리가 샘 밑까지 뻗어 있으니
눈서리도 그 높은 모습 어쩌지를 못하네.

題路傍松

海風吹去悲聲壯 山月高來瘦影踈 賴有眞根泉下到 雪霜標格未全除

賴(뢰)—때마침 운이 좋아서. 다행히. 標格(표격)—드러난 품격.

임억령林億齡

자는 대수(大樹). 호는 석천(石川). 선산 사람. 중종 병자년 문과 급제. 벼슬은 감사.

우대에게

옛 절 문앞에서 또 봄을 보내나니
지는 꽃잎 꽃잎이
빗줄기 따라 자꾸 옷에 점을 찍네.
옷소매 가득 맑은 향기 풍기며 돌아오니
무수한 산벌들이 멀리 사람 좇아오네.

示友大

古寺門前又送春 殘花隨雨點衣頻 歸來滿袖淸香在 無數山蜂遠趁人

성운成運

자는 건숙(健叔). 호는 대곡(大谷). 창녕 사람. 숨어 살면서 벼슬에 나아가지 않고 나이 팔십에 죽다.

대곡에 낮에 앉아

여름 숲이 장막 되어 대낮이 어두운데
물소리 새 소리가 고요한 중에 시끄럽다.
길이 끊겨 올 사람은 없지만
그래도 산 구름 시켜 골짜기 문을 잠근다.

大谷晝坐

夏木成帷晝日昏 水聲禽語靜中喧 已知路絶無人到 猶倩山雲鎖洞門

倩(천)-삯을 주고 부리다. 시키다.

황진이黃眞伊

조선 중종 때 사람. 본명은 진(眞). 기명은 명월(明月). 교방의 동기로서 대성하여 시서음률에 뛰어났다.

반달

누가 곤륜산 옥을 잘라
직녀의 빗을 만들어 주었는가.
견우 님이 떠나신 뒤에
직녀는 시름에 잠겨 있다가
문득 저 푸른 허공에 던져 두었네.

詠半月

誰斷崑山玉 裁成織女梳 牽牛離別後 愁擲碧空虛

崑山(곤산)-중국의 곤륜산(崑崙山). 옥의 산지로 유명함.

그리는 꿈

서로 그리고 만나는 일 꿈길밖에 없어
내가 님을 찾아 꿈길로 가니
님은 벌써 나를 찾아 길 떠나셨네.
먼 먼 언제인가 다음 꿈에는
같이 떠나 꿈길 도중 만나고 지고.

相思夢

相思相見只憑夢 儂訪歡時歡訪儂 願使遙遙他夜夢 一時同作路中逢

憑夢(빙몽)─꿈에 의지함. 儂(농)─나. 때로는 너를 뜻함. 遙遙(요요)─먼 모양.

김인후金麟厚

자는 후지(厚之). 호는 하서(河西). 울주 사람. 중종 경자년 문과에 급제하고 호당에 뽑힘. 벼슬은 교리. 외직으로 옥과현감. 을사년 뒤로는 끝내 벼슬하지 않다. 뒤에 이조판서 추증. 시호는 문정(文靖).

꽃가지

담장 밖 꽃가지에 봄이 움트려 하니
해마다 옛 정신을 보고 또 보네.
까닭 없이 샛바람의 시샘을 받아
아직은 차갑고 까칠한 모습
봄볕에 숨기고 주인을 보네.

花枝

墻外花枝欲動春 年年長見舊精神 無端更被東風妬 掩抑寒姿向主人

이매창李梅窓

자는 천향(天香). 이름은 향금(香今). 호는 계생(桂生) 혹은 매창(梅窓). 부안의 기생. 시에 능했음.

스스로 한탄함

봄이 차가와 핫옷을 꿰매는데
사창으로 햇빛이 비치어 드네.
머리 숙이고 손 가는 대로 맡겨 두나니
하염없는 눈물이 방울방울 떨어져
바늘과 실을 적시네.

自恨

春冷補寒衣 紗窓日照時 低頭信手處 珠淚滴針絲

寒衣(한의)—추울 때 입는 옷. 핫옷. 信手(신수)—손을 믿고 움직이는 대로 둠. 珠淚(주루)—구슬 같은 눈물.

이별의 회포

님 보내고 쓸쓸히 문을 닫으니
소매는 향기 없고 눈물 자국뿐이네.
혼자 있는 깊은 방은
찾는 이 없어 적막하거니
뜰 가득 내리는 가랑비가
하루해의 저녁 문을 닫아 주네.

離懷

離懷悄悄掩中門 羅袖無香滴淚痕 獨處深閨人寂寂 一庭微雨鎖黃昏

悄悄(초초)-근심 되어 힘이 없는 모양. 조용하고 쓸쓸한 모양. 深閨(심규)-여자가 거처하는 깊숙한 방.

닭소리 듣다

흐드러진 배꽃 속 어딘가 숨어
이따금 두견새가 우나니
뜰 가득 달그림자 더욱 쓸쓸하여라.
그리워 꿈에라도 만날까 하나
끝내 잠 못 이루니
일어나 창에 기대어 새벽 닭소리 듣네.

聽鷄

瓊苑梨花杜宇啼 滿庭蟾影更凄凄 相思欲夢還無寢 起倚梅窓聽五鷄

蟾影(섬영)—달그림자. 섬(蟾)은 두꺼비인데, 달 속에 두꺼비가 있다는 전설 때문에 생긴 말. 五鷄(오계)—날샐녘인 오경에 우는 닭소리.

천층암에 오르다

아득히 높은 천층산에 천년사 숨어 있나니
돌길에서 상서로운 기운과 흰구름 피어나네.
종소리 사라지고 별빛 달빛 더욱 밝아
온 산 단풍잎 가을 소리 자욱하여라.

登千層菴

千層隱佇千年寺 瑞氣祥雲石逕生 淸磬響沈星月白 萬山楓葉鬧秋聲

성윤해成允諧

자는 화중(和仲). 호는 판곡(板谷). 상주에 은거하면서 원통산 밑에 연못 하나를 파고, 매화와 대나무를 심어 소요하는 곳으로 삼았다.

매화

매화꽃이 작다고 싫어하지 마라.
꽃은 작아도 그 풍미는 뛰어나다.
대숲 밖에서 잠시 그림자 보았는데
밝은 달 아래 서면
문득 그 향기 맡나니.

詠梅

梅花莫嫌小 花小風味長 乍見竹外影 時聞月下香

전우치田禹治

담양 사람. 성종 때 송도에 살면서 신선황백지술을 배워 능히 귀신을 부렸다. 노래를 잘 불렀으며 시의 가락과 소리가 청절했다.

삼일포

늦가을 구슬 같은 연못에 서리 기운이 맑고
하늘에 바람 부니 신선의 통소 소리 들린다.
푸른 난새 오지 않는 바다의 하늘은 넓어
삼십육 봉우리마다 달이 밝아라.

三日浦

秋晩瑤潭霜氣淸 天風吹下紫簫聲 靑鸞不至海天濶 三十六峰明月明

紫簫(자소)-신선이 부는 퉁소. 靑鸞(청란)-신선이 타고 다닌다는 푸른 새. 푸른 난새.

노수신盧守愼

자는 과회(寡悔). 호는 소재(蘇齋). 광산 사람. 중종 을해년 출생. 계묘년 과거에 장원 급제하고 호당에 뽑힘. 진도에서 19년 동안 귀양살이. 선조 때 풀려나 돌아와 문형이 되고 벼슬은 영상. 시호는 문의(文懿).

벽정에서 사람을 기다리며

새벽달에 헛되이 외로운 그림자와 가나니
국화꽃 단풍잎도 슬픈 정을 머금었다.
구름만 사막처럼 아득하여
사람이란 어디서도 찾아볼 수 없어
나루터 누각 기둥에 마냥 기대고 있다.

碧亭待人

曉月空將一影行 黃花赤葉正含情 雲沙目斷無人間 倚遍津樓八九楹

目斷(목단)-눈의 시력이 미치지 아니함. 눈에 보이지 않음.

신사임당申師任堂

선조 때 사람. 이율곡의 어머니. 호가 사임당. 산수와 포도 그림에 능하고 경사에 밝았다.

친정을 바라보며

학 같은 흰머리의 늙으신 어머님은
지금 임영에 계시는데
몸은 서울로 향하지만
아, 혼자 가는 이 마음이여.
이따금 머리 돌려 북평을 바라보니
흰구름 날아 내리고 푸른 산 저물어 가네.

踰大關嶺望親庭

慈親鶴髮在臨瀛 身向長安獨去情 回首北坪時一望 白雲飛下暮山青

臨瀛(임영)–강릉의 옛 이름. 北坪(북평)–강릉의 지명.

정렴鄭磏

자는 사결(士潔). 호는 북창(北窓). 온양 사람. 일찍 죽다. 세상에서 이인(異人)이라 부름.

배로 저자도를 지나며

쓸쓸한 저녁 안개
옛 나루에 비껴 있는데
짧은 겨울 해는 먼 산에 진다.

해 저물어 거룻배로 돌아오니
절 하나 아득히 노을 속에 가물거린다.

舟過楮子島

孤烟橫古渡 寒日下遙山 一棹歸來晚 招提杳靄間

招提(초제)—절. 사찰.

고경명高敬命

자는 이순(而順). 호는 제봉(霽峰), 또는 태헌(苔軒). 장흥 사람. 중종 계사년 출생. 명종 무오년 과거에 장원 급제하고 호당과 옥당에 뽑힘. 임진년 이전에 목사로 있다가 의병을 일으켜 절사. 두 아들도 같이 순절함. 찬성에 추증되고 시호는 충렬(忠烈).

고깃배 그림

갈대 섬에 바람 일고 눈은 허공에 날리는데
술을 사서 돌아와 거룻배에 매달았네.
퉁소 소리 두어 곡에 강 위 달이 밝아지니
자던 새가 놀라 물가 안개 속을 날아가네.

漁舟圖

蘆洲風颭雪漫空 沽酒歸來繫短篷 橫笛數聲江月白 宿禽飛起渚烟中

이옥봉李玉峰

이름은 숙원(淑媛). 선조 때 옥천의 군수인 이봉의 서녀. 조원(趙瑗)의 소실. 문집 『옥봉집』에 33수의 시가 전해진다.

난간에 기대어

희부연 매화꽃 더욱 빛나고
새파란 대나무는 한결 고와라.
난간에 기대어 차마 내려가지 못하나니
둥근 달 떠오르기 기다리려 함이네.

憑欄

小白梅逾耿 深青竹更姸 憑欄未忍下 爲待月華圓

小白(소백)–조금 희다. 深靑(심청)–깊이 푸름. 月華(월화)–달빛.

꿈

님이여 요즈음 어떠시나요.
사창에 달이 뜨면
이 내 설움 끝이 없네.
만일 내 꿈길이 자취가 있다면
님의 문 앞 돌길은
벌써 반나마 모래가 되었으리.

夢
近來安否問如何 月到紗窓妾恨多 若使夢魂行有跡 門前石路半成沙

옥봉 집의 작은 못

옥봉의 집에 작은 못을 들이니
못에 비친 달빛이 물결 지며 흐르네.
한 쌍의 저 원앙새
거울 속 하늘로 내려앉나니.

玉峰家小池

玉峰涵小池 池面月涓涓 鴛鴦一雙鳥 飛下鏡中天

涓涓(연연)-수량이 적은 물이 흐르는 모양. 물이 졸졸 흐르는 모양.

정철鄭澈

자는 계함(季涵). 호는 송강(松江). 연일 사람. 중종 때 병신년에 태어남. 명종 신유년 과거에 장원 급제하고 호당에 뽑힘. 벼슬은 좌상. 인성부원군에 봉해지고 시호는 문청(文淸).

비 오는 밤

밤의 찬 비는 대숲부터 울리고
가을 풀벌레 소리는 침상에 가깝나니
흐르는 세월을 어찌 붙잡으랴.
자라나는 백발 막을 길 없네.

雨夜

寒雨夜鳴竹 草蟲秋近床 流年那可住 白髮不禁長

가을밤

나뭇잎 떨어지는 쓸쓸한 소리
성긴 빗소린가 잘못 알고
아이를 불러 문 밖에 나가 보랬더니
맑은 시냇물 건너
둥근 달이 나무에 걸려 있다 하네.

秋夜

蕭蕭落葉聲 錯認爲踈雨 呼童出門看 月掛溪南樹

송한필宋翰弼

자는 사로(師魯). 호는 운곡(雲谷). 송익필의 동생.

문득 부른 노래

어제 내린 비에 꽃이 피더니
오늘 아침 바람에 그 꽃이 지네.
가엾도다, 하 많은 이 봄날의 일들
바람과 빗속에서 오고 또 가네.

偶吟

花開昨日雨 花落今朝風 可憐一春事 往來風雨中

이성중李誠中

자는 공저(公著). 호는 파곡(坡谷). 완산 사람. 기해년 출생. 선조 무오년에 과거에 급제하고 호당에 뽑힘. 벼슬은 호조판서. 문형을 맡음.

무제

눈 위의 달이 창에 가까와
꺼진 촛불 대신
맑고 밝은 빛을 비쳐주나니
보배로운 이 한 잔의 술이여.
밤이 이슥토록 그 사람은 아니 오고.

無題

紗窓近雪月 滅燭延淸暉 珍重一杯酒 夜闌人未歸

夜闌(야란)–밤이 반을 훨씬 지난 때.

이산해李山海

자는 여수(汝受). 호는 아계(鵝溪). 한산 사람. 중종 계해년 출생. 명종 무오년 과거에 급제하고 호당에 뽑힘. 문형을 맡음. 벼슬은 영상.

이 늙은이

꽃이 피면
날마다 시골중과 어울리고
꽃이 지면
열흘이 넘도록 대사립문 닫고 있네.
모두들 이 늙은이 우습다 말하며
한 해의 기쁨 걱정이 꽃가지에 달렸다 하네.

此翁

花開日與野僧期 花落經旬掩竹扉 共說此翁眞可笑 一年憂樂在花枝

野僧(야승)-시골의 중. 期(기)-만나다. 모이다.

백광훈白光勳

자는 창경(彰卿). 호는 옥봉(玉峰). 음직인 참봉.

봄의 조망

창을 보니 날마다
기다리는 사람 있는 듯
일찍 발을 걷고 더디 내린다.

봄빛은 바로 산봉우리 절에 있건만
그 절의 꽃 속으로 돌아가는
산승은 그걸 모른다.

春望

日日軒窓似有期 開簾時早下簾遲 春光正在峯頭寺 花外歸僧自不知

소나무의 달

손에 한 권의 도교 경전을 들고
소나무 아래서 다 읽고 학과 함께 잠들었다.
밤중에 놀라 깨어 보니 온몸에 그림자네.
안개 사라진 빈 하늘에 달만 흐르고.

松月
手持一卷蘂珠篇 讀破松壇伴鶴眠 驚起中宵滿身影 冷霞飛盡月流天

蘂珠篇(예주편)-도교의 경전. 예(蘂)는 예(蕊)와 같은 글자.

이달李達

자는 익지(益之). 호는 손곡(蓀谷). 홍주 사람. 벼슬은 부정.

산사

절이 흰구름 속에 있는데
중은 그 흰구름을 쓸지 않는다.
손님이 와서 비로소 문을 여니
온 골짜기에 송화가 다 지고 있다.

山寺

寺在白雲中 白雲僧不掃 客來門始開 萬壑松花老

그림에 부치다 · 1

찬 숲에 이내는 어둡고 백로 나는데
강가의 집들은 대사립문을 닫는다.
석양 비낀 다리에는 인적이 끊기고
푸른 산기운이 가랑비 오듯 내린다.

題畵 · 1
寒林烟暝鷺絲飛 江上漁家掩竹扉 斜日斷橋人去盡 亂山空翠滴霏微

鷺絲(노사)–백로, 백조. 空翠(공취)–깊은 숲의 산 기운. 霏微(비미)–가랑비나 가랑눈이 오는 모양.

그림에 부치다 · 2

문 앞의 푸른 버드나무 저 누구의 집인가.
반쯤 보이는 붉은 다락에
끊어진 노을이 비쳐 있다.
못 믿을 꾀꼬리는 종일 우는데
아침에 비 개인 골목에는
꽃잎들 어지러이 떨어져 있다.

題畵 · 2

綠楊門戶是誰家 半出紅樓映斷霞 無賴流鶯鳴盡日 曉晴門巷落花多

無賴(무뢰)–믿을 수 없음. 사랑하여 짐짓 욕하는 말.

그림에 부치다 · 3

서리 낀 남쪽 하늘 울며 가는 기러기 떼.
억새꽃이 흰눈처럼 바람에 날리는데
소상강 기슭으로 날아가는 한 떼가
반쯤은 모래톱에 내려앉고
반쯤은 흰구름 속으로 든다.

題畫 · 3

霜落天南雁叫群 荻花風起雪紛紛 一行飛過瀟湘岸 半落汀洲半入雲

瀟湘(소상)–중국 동정호 부근의 소수와 상수의 두 강. 소상팔경이 있음. 汀洲(정주)–모래섬.

시골집

농가의 아낙이 들밥거리가 없어
빗속에서 보리 베어 풀섶길로 돌아온다.
생섶이 축축해 불은 붙지 않고
방에 들자 계집애는 울며 옷을 당긴다.

田家行

田家少婦無野食 雨中刈麥草間歸 生薪帶濕烟不起 入門兒女啼牽衣

田家(전가)-시골의 집. 농가. 行(행)-노래. 한시의 한 체.

무덤에 제사하는 노래

흰 개는 앞서 가고 누런 개는 뒤 따르고
풀밭 끝에는 연이은 무덤들.
늙은이는 밭고랑 길에서 제사 마치고
황혼녘 술 취해 돌아오는데
아이가 부축하며 함께 걷고 있다.

祭塚謠

白犬前行黃犬隨 野田草際塚纍纍 老翁祭罷田間道 日暮醉歸扶小兒

밤에 여울 밑에 배를 대고

밤이 되어 여울 밑에 배를 대고 묵는다.
물가 마을에는 서리 기운이 끼었다.
물가 모래톱에서 마른 나무를 주워
밥을 지으려고 어부에게 불을 빈다.
병든 나그네, 외로운 배의 꿈이로다.
강이 차가와 시월에 얼음이 어는데
집을 떠난 지 이제 얼마나 되었는가.
이제는 뱃사공이 바로 친한 벗이다.

夜泊大灘

夜纜泊灘下 水村霜氣凝 枯楂拾沙渚 爨火乞漁燈
病客孤舟夢 寒江十月氷 離家今幾日 黃帽是親朋

纜(람)-닻을 매는 줄. 爨(찬)-불을 때어 밥을 지음. 黃帽(황모)-뱃사공.

신선이 노니는 누각

달빛도 희고 이슬빛도 희고
밤은 고요하고 가을 강은 깊다.

신선의 누각에서 마시는 한 잔의 술.
맑고도 맑은 거문고 소리.

이 모두 이 시절의 느낌이 아니니
저절로 슬퍼지는 내 마음이여.

降仙樓次泥丸李覺韻

月白露華白 夜靜秋江深 仙閣一盃酒 泠泠三尺琴
不是感時節 自然傷我心

露華(노화)–이슬의 빛. 泠泠(영령)–소리가 맑음.

신흠申欽

자는 경숙(敬叔). 호는 상촌(象村). 평산 사람. 선조 때 과거에 급제하고 인조 때 문형을 맡음. 벼슬은 영상. 인조 사당에 배향하고 시호는 문정(文貞).

중의 글에 이어

철쭉꽃이 피니 제비가 어지러이 날고
오동 밑에서 자고 나니 진정 세상 잊겠네.
중은 와도 인간사를 말하지 않으니
이 마음이 산중에 돌아와 있음을 아는 것이리.

次僧軸韻

躑躅花開亂燕飛 枯梧睡罷正忘機 僧來不作人間話 知我歸心在翠微

忘機(망기)—세상 일을 잊음. 기(機)는 마음을 꾸밈. 翠微(취미)—산꼭대기에서 조금 내려온 곳. 또는 파란 산 기운.

저녁

밝은 달은 숲의 가지 끝에서 나오고
깊은 샘물은 돌뿌리에서 운다.
구름 밖 절의 경쇠 소리 희미해지고
산마을 다듬이 소리는 잦다.
잘새들은 보금자리 찾기 바쁘고
흐르는 반딧불은 이슬에 젖어 난다.
혼자 읊조리며 이내 잠 못 드는데
놀 그림자가 산문을 물들인다.

詠夕

明月出林表 暗泉鳴石根 磬殘雲外寺 砧急崦中村
宿鳥尋巢疾 流螢帶露翻 獨吟仍不寐 霞影落山門

이수광李睟光

자는 윤경(潤卿). 호는 지봉(芝峰). 전주 사람. 선조 때 과거에 급제. 벼슬은 이조판서. 제학. 시호는 문간(文簡).

길에서

언덕의 버드나무 사람 맞아 춤을 추고
숲 꾀꼬리는 나그네 노래에 화답한다.
비 개이니 산 모습이 생기를 찾고
바람 따뜻하니 풀도 움터 나온다.
경치는 시 속의 그림 같고
샘물 소리는 악보 밖의 거문고 소리다.
가도 가도 끝나지 않는 먼 길
어느덧 지는 해가 먼 산을 지운다.

途中

岸柳迎人舞 林鶯和客吟 雨晴山活態 風暖草生心
景入詩中畫 泉鳴譜外琴 路長行不盡 西日破遙岑

유몽인柳夢寅

자는 응문(應文). 호는 간암(艮庵), 또는 어우(於于). 흥양 사람. 선조 때 과거에 급제. 광해군 때 이참.

이천에서

가난한 여자가 베를 짜면서
두 뺨 흥건히 눈물을 흘리네.
애초에 그 겨울 옷 님을 위해 시작했네.
이튿날 아침 세금을 독촉하는 관리에게
어쩔 수 없이 그 베를 찢어 주었는데
한 관리가 겨우 돌아가자
또 다른 관리가 찾아오네.

伊川

貧女鳴梭淚滿腮 寒衣初擬爲朗裁 明朝裂與催租吏 一吏纔歸一吏來

腮(시)—뺨. 두 볼. 시(顋)와 같은 글자. 寒衣(한의)—겨울옷.

권필權韠

자는 여장(汝章). 호는 석주(石洲). 벽(擘)의 아들. 뜻이 크고 기개가 있어 벼슬에 나아가지 않았음. 광해군 때 시화(詩禍)를 입어 원통하게 죽음. 인조 때 지평 벼슬을 추증. 시는 정종(正宗)이라 할 만함.

길에서

해가 저물어 외딴집에 머무는데
산이 깊어 사립문을 닫지도 않는다.
새벽에 갈 길을 물어보는데
가을 잎이 나그네를 보고
반기듯 먼저 날아온다.

途中

日入投孤店 山深不掩扉 鷄鳴問前路 黃葉向人飛

한식

제사 끝난 들머리 어느새 해는 저물고
지전* 어지러이 나는 곳에 까마귀 운다.
적막한 산길 따라 사람들 돌아간 뒤
한 그루 팥배꽃 나무
외로이 비를 맞고 있다.

寒食

祭罷原頭日已斜 紙錢飜處有鳴鴉 山蹊寂寞人歸去 雨打棠梨一樹花

*지전(紙錢)-넋전. 제사 때나 비손을 할 때 죽은 넋을 위해 종이를 오려 만든 돈. 寒食(한식)-명절의 하나. 이 날 제사를 지내는 민속이 있음.

죽창에게

해마다 궁성 꽃구경을 함께했는데
헤어진 뒤 어찌 차마 이 세월 보내는고.
소식도 오지 않고 봄도 이미 늦었나니
다 같은 비바람에 시달리며
우리 서로 하늘 끝에 홀로 있구나.

寄竹窓

年年同賞禁城花 別後那堪度歲華 鴻鴈不來春已晩 一般風雨在天涯

禁城(금성)-궁성. 대궐. 歲華(세화)-세월. 鴻鴈(홍안)-기러기. 편지. 소식.

죽음을 곡함

이승과 저승이 서로 이어졌지만
아득히 인연이 없으니
한 바탕 꿈도 다정함도 다 부질없어라.
눈물을 거두고 산을 나와 갈 길 찾으니
새벽 꾀꼬리가 울면서
홀로 돌아가는 사람을 전송하네.

哭具金化喪于楊州天明出山

幽明相接杳無因　一夢慇懃未是眞　掩淚出山尋去路　曉鶯啼送獨歸人

밤에 앉아

세상일은 이러하거늘
흐르는 세월도 어쩔 수 없다.
가을 지나니 국화꽃이 드물고
밤이 깊으면 벌레소리 자욱하여라.
고요한 달빛 들창에 비치고
쓸쓸한 바람은 나뭇가지 흔든다.
마음에 둔 지 십년 일이 있는데
앉아서 자꾸 불나방만 치고 있다.

夜坐書懷

世事有如此 流光無奈何 菊花秋後少 虫語夜深多
悄悄月侵牖 蕭蕭風振柯 關心十年事 坐數撲燈蛾

流光(유광)–흐르는 세월. 牖(유)–들창. 벽을 뚫어 만든 격자 창.

산에 들어가며

해질녘 여윈 풋나귀를 탔더니
오르수록 외줄기 산길이 위태롭네.
시냇물 소리는 지난밤 꿈처럼 역력하고
산 빛깔은 새 시를 지을 만하구나.
절은 매미 우는 곳에 있었는데
나그네 도착하자 종소리 울렸네.
지금껏 그윽한 이 느낌 더없이 깊어졌으니
다른 사람에게 이 소식 알리지 말라.

入山作

落日靑驢瘦 登登一逕危 溪聲如昨夢 山色可新詩
寺在蟬吟處 鍾鳴客到時 向來幽興熟 不遣外人知

向來(향래)-전부터 지금까지. 遣(견)-하여금. 하게 하다.

조선후기

이계李烓

자는 조원(照遠). 호는 명고(鳴皐). 전주 사람. 광해 신유년 과거 급제하고 벼슬은 부사. 인조 임오년 선천부사로 있다가 무고를 당해 죽다.

부인의 만장

시집 올 때 가져온 옷들이
반나마 새것이다.

농을 열고 챙겨 보니 못내 애달파
평생 좋아하던 것 다 챙겨 보낸다.

이제 빈산에 맡겼으니
모두 곧 먼지 되어 사라지리.

婦人挽

嫁日衣裳半是新 開箱點檢益傷神 平生玩好俱資送 一任空山化作塵

資送(자송)-혼수나 세간을 장만하여 보냄.

백대붕白大鵬

자는 만리(萬里). 임천 사람.

가을날

가을 하늘이 은은한 그늘을 지으니
화산*의 그림자도 고요히 잠겼다.
떨기 국화는 타향의 눈물
외로운 등불은 이 밤의 마음.

흐르는 반딧불은 풀 속에 어지럽고
성긴 빗방울은 깊은 숲에 내린다.
그대 그리워 잠 못 드는 밤
창 밖에서 울고 있는 이름 모를 새.

秋日

秋天生薄陰 華嶽影沈沈 叢菊他鄉淚 孤燈此夜心
流螢亂隱草 踈雨落長林 懷侶不能寐 隔窓啼怪禽

*화산(華山)-중국 섬서성에 있는 산 이름. 오악의 하나.

김니金柅

호는 유당(柳塘). 선조 임오년 문과에 급제하고 벼슬은 황해감사.

금화현 서재에서

뜰 가득 산달은 스스로 밝고
푸른 등불 앞
흰머리로 새벽에 앉아 있나니
외로운 나그네 그리움은 천리 밖인데
온 창의 비바람에 새벽이 오는 소리.

金化縣齋和柳巡按韻

滿庭山月自分明　白髮青燈坐五更　孤枕客懷千里遠　一窓風雨曉來聲

오경(五更)—날샐녘의 새벽.

소감

학의 다리 길고 오리 다리 짧아도
모두 그것들을 새라 부르고
오얏꽃 희고 복사꽃 붉어도 모두 꽃이네.
벼슬이 낮아 장관 꾸지람 많이 들으니
흰 갈매기 저 물결로 돌아감만 못하리.

有所感

鶴長鳧短皆爲鳥 李白桃紅總是花 官賤頗遭官長罵 不如歸去白鷗波

학장부단(鶴長鳧短)-학의 다리는 길고 오리의 다리는 짧다는 뜻. 사물은 각각 특성이 있으니 인력으로 길게 하거나 짧게 할 수 없다는 뜻을 함축하고 있음.

허난설헌許蘭雪軒

선조 때 사람(1563~1589). 이름은 초희(楚姬). 자는 경번당(京樊堂). 허균(許筠)의 누이. 서당 김성립(西堂 金誠立)의 부인. 아우 균과 함께 손곡(蓀谷)의 문하에서 공부했다. 시문에 능했으며 슬하에 자녀 없이 27세에 죽다. 『난설헌집』이 있다.

최국보를 본받아 · 2

못가에 버들가지 성글어지고

우물가엔 오동잎 지는 가을

발 너머 귀뚜라미 소리 들으니

추운 날씨에 비단 이불이 얇네.

效崔國輔體 · 2

池頭楊柳疎 井上梧桐落 簾外候虫聲 天寒錦衾薄

天寒(천한)-기후가 차다. 추운 날씨. 候虫(후충)-철을 따라 나오는 벌레들.

최국보를 본받아 · 3

봄비는 서편 못에 소리 없이 내리고
싸늘한 찬 기운은 휘장에 스며드네.
서러움 못 이겨 병풍에 기대니
송이송이 담장에 살구꽃 지네.

效崔國輔體 · 3
春雨暗西池 輕寒襲羅幕 愁倚小屛風 墻頭杏花落

안방의 설움

달 뜨는 다락에 가을은 깊고
안방에는 옥병풍만 허전한데
서리 친 갈밭에는
저녁 기러기 내려앉네.
거문고 타 보아도 듣는 이 없고
연꽃만 부질없이 들못에 지네.

閨恨

月樓秋盡玉屛空 霜打蘆洲下暮鴻 瑤瑟一彈人不見 藕花零落野塘中

閨恨(규한)-여자가 거처하는 안방의 설움. 蘆洲(노주)-갈대밭이 있는 모래톱. 瑤瑟(요슬)-거문고.

김상헌金尙憲

자는 숙도(叔度). 호는 청음(淸陰). 상용의 아우. 선조 신미년 출생. 병신년에 문과에 급제하고 호당에 뽑힘. 문형을 맡음. 척화(斥和)를 주장하는 절개를 지키다가 정축년에 심양에 붙들려 갔으나 뜻을 굽히지 않았다. 벼슬은 좌상. 시호는 문정(文正).

길가의 무덤

길가의 외로운 무덤 하나
자손들은 지금 어디 있는가.
오직 한 쌍의 돌사람*만
오래오래 지키며 떠나지 않네.

路傍塚

路傍一孤塚 子孫今何處 惟有雙石人 長年守不去

*돌사람(石人)-무덤 앞에 세운 돌로 만든 사람의 형상. 석옹중(石翁仲).

밤에 앉아

높은 나무는 서늘한 바람에 흔들리고
우듬지 둥우리에 이슬 젖은 까치는 춥다.
달빛은 창문에 부서지고
산기운은 온 가슴을 벅차게 하는데
크나큰 평생의 뜻이여.
사별한 그 얼굴이 못내 그립다.
하나의 몸에 온갖 근심 걱정
새벽녘까지 홀로 앉아 있다.

夜坐

高樹凉風動 危巢露鵲寒 月華當戶碎 山氣入懷寬
落落平生志 依依死別顏 一身兼百慮 孤坐到宵殘

落落(낙락)–뜻이 큰 모양. 우뚝 솟은 모양. 쓸쓸한 모양. 依依(의의)–사모하여 떨어지기 어려워하는 모양.

김류金瑬

자는 관옥(冠玉). 호는 북저(北渚). 순천 사람. 선조 병신년 문과에 급제. 인조반정 때 원훈(元勳)이 되다. 문형을 맡음. 벼슬은 영상. 승평부원군. 시호는 문충(文忠).

문득 읊다

서리 낀 바람에
오동잎 우수수 떨어지고
적막한 빈 뜰에는
새들만 저희끼리 지저귄다.
잠을 깨니 석양이 초막집을 물들이고
덩굴 풀 가을빛이 담장에 가득하다.

卽事

霜風摵摵動青梧 寥落空庭鳥自呼 夢罷夕陽明小閣 薜蘿秋色滿墻隅

摵摵(색색)—잎이 떨어진 나무의 앙상한 모양. 또는 나뭇잎 떨어지는 소리. 薜蘿(벽라)—덩굴 풀.

이춘원李春元

자는 입지(立之). 호는 구원(九畹). 함평 사람. 선조 신미년 문과 급제. 벼슬은 감사.

밤에 산의 정자를 떠나다

술에 취해 홀로 가노니
달은 지고 산길도 희미하다.
어두운 마을의 사람 두런거리는 소리
앙상한 나무에서 날아오르는 새떼
나의 도는 바로 이 한가함이다.
이 세상 나가나 머무나 다 부질없나니
외로운 등불도 무슨 뜻이 있는 듯
사립문을 쓸쓸히 비추고 있다.

夜發山亭

被酒獨行時 月沈山逕微 暗村聞偶語 寒木起群飛
吾道優遊是 人寰出處非 孤燈如有意 寂寞照荊扉

被酒(피주)-술에 취함. 優遊(우유)-한가로운 모양. 人寰(인환)-사람이 많이 사는 곳.

임숙영任叔英

자는 무숙(茂叔). 호는 소암(疎庵). 풍천 사람. 선조 신해년 문과에 급제. 광해 때 직언(直言)으로 관직을 삭탈 당했다가 복직. 벼슬은 지평. 변려체의 문장으로 이름을 떨치다.

일찍 가다

나그네가 길을 떠날 때는
서북쪽 찬바람을 일찍 타는 법.
달이 진 뒤에 닭이 울고
차가운 물 기운은 새벽에 아는 것.
외딴집에서는 다듬이질 소리
빈숲에서는 온갖 벌레 울음소리
가엾어라, 천리 밖에서
바람에 날리는 쑥대 같은 나그네여.

早行

客子就行路 早乘西北風 鷄聲月落後 水氣曉寒中
孤店鳴雙杵 空林語百虫 自憐千里外 長作一飛蓬

客子(객자)—나그네. 飛蓬(비봉)—바람에 날리는 쑥. 나그네의 신세를 뜻함.

김진金搢

자는 기중(記仲). 선조 을유년 출생. 광해 때 경술년에 문과 급제. 벼슬은 부사.

백제 회고

저녁볕이 큰 강물들 모두 거두어
한 바다 큰 물결로 평정하고
천고흥망의 온갖 가락은
한 피리 소리에 잠들었네.
가을빛을 배에 가득 싣고 가서
백제왕궁 북쪽에서 외로운 성을 애도하리.

百濟懷古

斜陽斂盡大江平 千古興亡一笛橫 閒載滿船秋色去 濟王宮北弔孤城

장유張維

자는 지국(持國). 호는 활곡(谿谷). 덕수 사람. 광해 기유년 문과 급제. 호당에 뽑히고 문형을 맡음. 벼슬은 우상. 신풍부원군. 시호는 문충(文忠). 문장으로 세상에 이름을 떨침.

거리낌없는 말 · 1

큰 벌레는 작은 벌레를 먹고
강한 자는 약한 자의 고기를 먹는다.
삼키고 먹는 이 세계에서
모든 것은 서로 적이 되어 해친다.
강한 자라고 어찌 늘 강하랴.
때로는 더욱 굳센 적을 만나는 법.
힘에 맡기면 그 힘 끝이 없고
지혜에 맡기면 그 지혜 난만하다.
도가 높은 사람은 나와 남의 구별을 없애
마음은 허공과 함께 광대해진다.
허공은 사물을 이기지 않고
사물도 허공을 이기지 못한다.

放言 · 1

大虫食小虫 强者飽弱肉 呑啖世界內 物物相殘賊 强者豈常强
有時遇勁敵 任力力無盡 任智智相百 至人斷人我 心與虛空廓
虛空不勝物 物亦勝不得

거리낌없는 말 · 2

사람은 그 짧은 혀로
신선한 기름의 온갖 맛 다 즐긴다.
그것이 겨우 목구멍을 넘어가자
곧 더러운 똥과 함께 있음을 모른다.
눈은 아주 고운 빛깔을 보려고
꽃 같은 얼굴에 온갖 화장을 한다.
이것이 무엇인가, 가만히 생각하면
냄새 나는 피를 가죽 주머니에 담은 것.
맛과 빛깔은 다 같은 욕심이니
끝내 모두 큰 의혹일 뿐
이것이 무엇인가 공안* 간파하면
멀리 뛰어나 집착함 없으리.

放言 · 2

人爲膚寸舌 百味窮鮮腴 不知纔過咽 便與糞穢俱 目欲極艶色
花顔丹白粧 尋思此何物 臭血盛革囊 味色是同欲 究竟皆大惑
勘破此么案 迢然無所着

*공안(公案)-선종에서 도를 깨치기 위하여 추구하는 문제. 요안(么案). 膚寸(부촌)-네 손가락을 붙인 가로의 길이. 勘破(감파)-간파해 냄. 속내를 환하게 알아냄. 么(요)-무엇. 요마(么麽).

거리낌없는 말 · 3

구더기는 더러운 곳에서 생겨나
죽을 때까지 그곳을 못 떠난다.
어찌 알랴, 이 천지 안에
다시 청정한 곳이 있는 줄을.
사람이 이 세상 사는 것은
이것과 그다지 다를 것이 없다.
이익과 명예를 찾는 굴속은 어지럽고
생선 가게는 썩는 냄새 진동하는데
여기서 빠져나올 기약도 없어
뼈까지 취한 마음 어둡게 헤매인다.
도인이 말한 잠방이 속 이의 비유*
가리키는 것은 다르나 그 뜻은 같다.

放言 · 3

蛆虫生溷中 到死不曾離 豈知天壤內 更有淸淨地 人生處世間
與此無甚異 囂紛利名窟 臭腐鮑魚肆 汩沒無出期 冥迷心骨醉
嗣宗褌虱喩 異指還同致

*잠방이 속 이의 비유(褌虱喩)—슬처곤중(虱處褌中)과 같은 말. 이가 잠방이 속에 숨어 산다는 말. 식견이 좁아 목전의 편안만을 만족히 여김을 비유한 것.

이식李植

자는 여고(汝固). 호는 택당(澤堂). 덕수 사람. 선조 갑신년 출생. 광해 경술년 문과 급제. 인조 초에 호당에 뽑히고 네 번 문형을 맡음. 벼슬은 이조판서.

새로 온 제비

세상만사 유유히 웃음으로 휘날리고
봄비에 초막집 사립문을 닫고 있는데
뜻밖에도 발 너머 새로 온 제비
한가한 사람에게 시시비비 재잘대는 듯.

詠新燕

萬事悠悠一笑揮 草堂春雨掩松扉 生憎簾外新歸燕 似向閒人說是非

生憎(생증)-뜻밖에. 의외로.

용진촌에 묵다

배꽃은 흰눈이 날리듯
사립문에 휘날려 떨어지고
구름 그림자는 달 자취를 거두네.
새벽까지 두견새 울어도 나는 모르네.
이미 봄잠에 취해 정신 아득한 것을.

宿龍津村

梨花吹雪入柴門 雲影參差斂月痕 不管子規啼到曉 惱人春睡已昏昏

參差(참치)—흩어진 모양. 가지런하지 않은 모양. 昏昏(혼혼)—정신이 아득하여 흐린 모양.

허후許厚

자는 중경(重卿). 호는 둔계(遯溪). 또는 관설(觀雪). 양천 사람. 지평 벼슬로 세 번 불렀으나 응하지 않음. 벼슬은 장악원정.

시비

참 옳음을 시비하면 옳음이 도리어 그르니
물결 따라 억지로 시비하면 안 되네.
옳음과 그름 모두 잊고 높이 보아야
능히 옳은 것 옳다 하고
그른 것 그르다 할 수 있네.

是非吟

是非眞是是還非 不必隨波强是非 却忘是非高着眼 方能是是又非非

조박趙璞

자는 전소(全素). 호는 석곡(石谷). 선조 정축년 출생. 병오년 문과 급제. 벼슬은 목사.

청은을 찾다

푸른 버들 언덕에 배를 대고
청은의 집을 찾는다.
시내의 흰구름이 난간에 이어 일고
성긴 대나무는 섬돌 곁에 서 있다.
비췻빛 이끼 길을 열고
붉은 주사*로 도의 글에 점을 찍는다.
이 가운데 세상의 티끌 오지 않거니
홀로 앉아 있는 그 뜻 어떠한가.

停舟訪淸隱

停舫綠楊岸 爲尋淸隱居 溪雲連檻起 野竹傍階疎
鑿翠開苔逕 硏朱點道書 箇中塵不到 孤坐意何如

*주사(朱砂)—광택이 있는 붉은 광물. 도가(道家)에서 장생불사의 약을 빚는다 함. 연단(鍊丹). 진사(辰砂)라고도 함.

임탄林坦

자는 탄지(坦之). 호는 한정(閒亭). 제(悌)의 아들. 벼슬하지 않음.

처사의 죽음을 슬퍼하다

풍류 처사를 외로운 산에 보냈다.
눈이 가득 쌓인 시내의 다리에
외로운 학의 그림자가 춥다.
한 조각 시의 혼을 부를 길 없으니
아마 봄에 먼저 피는 매화와 함께 돌아오리.

哭處士

風流處士別孤山 雪滿溪橋鶴影寒 一片詩魂招不得 先春應共早梅還

송희갑宋希甲

은진 사람. 일찍 죽음.

봄날의 기다림

언덕에는 수양버들이 푸르고
산에는 꽃이 피는데
이별한 마음 슬퍼 혼자 한숨짓네.
굳이 지팡이 짚고 문을 나서 바라보면
천지에 그대는 오지 않고
봄날이 막막히 저무는구나.

春日待人

岸有垂楊山有花 離懷悄悄獨長嗟 强扶藜杖出門望 之子不來春日斜

悄悄(초초)–조용한 모양. 쓸쓸한 모양. 근심되어 기운이 없는 모양. 之子(지자)–이 사람.

신지제申之悌

자는 순부(順夫). 호는 오봉(梧峰). 아주 사람. 인조 때 문과 급제. 벼슬은 승지.

한적한 삶

새로 오두막을 지어 한 이랑도 넉넉한데
맑은 물을 앞에 두고 푸른 산까지 등졌네.
힘써 밭을 갈면 배불리 먹을 수 있고
작은 집이지만 추위와 더위 피할 수 있네.
대나무와 매화 옮겨 심어 오랜 약속 지키고
갈매기와 백로를 불러 함께 즐길 수 있네.
이제부터 늙어가나니, 아무 일도 없도다.
인간의 길 어렵다는 말 나는 믿지 않네.

幽居

新卜龜庄一畝寬 平臨碧沼背蒼巒 力耕且足供饋飽 小搆聊堪度署寒
移竹兼梅存宿契 喚鷗和鷺託同歡 從今老矣無餘事 不信人間道路難

新卜(신복)-새로 살 만한 곳을 가려 정함. 龜庄(귀장)- 거북 형상으로 된 오두막 같은 집.

최기남崔奇男

자는 영숙(英叔). 호는 구곡(龜谷), 또는 묵헌(默軒). 천령 사람.

두시 운을 따라

초록빛 나무 그늘에서 꾀꼬리 울고
푸른 산 그림자 속 흰 띠집 한 채
한가할 때 푸른 이끼 길 홀로 걷나니
비 개인 뒤 어디선가
풀꽃 향기 은은히 풍겨 오네.

閒中用杜詩韻

綠樹陰中黃鳥節 靑山影裡白茅家 閒來獨步蒼苔逕 雨後微香動草花

조석윤趙錫胤

자는 윤지(胤之). 호는 낙정당(樂靜堂). 백천 사람. 선조 병오년 출생. 인조 무진년 과거 장원 급제하고 호당에 뽑힘. 문형을 맡음. 벼슬은 이조참판. 시호는 문효(文孝).

비 개인 아침

한밤중 빗소리가 숲에서 울더니
아침 오자 구름이 골짝을 나온다.
젖은 기러기는 모래톱에 내려앉고
엷은 연기는 마을에 감돈다.
찬 햇빛이 먼 산을 비추니
검푸른 산 어렴풋이 드러난다.
홀로 산책하며 읊나니
가을 생각 끝없이 쓸쓸하다.

霽朝

夜半雨鳴林 朝來雲出壑 濕雁下沙洲 輕烟掩村落
寒曦射遠岑 翠黛露隱約 散步發孤嘯 秋思入寥廓

翠黛(취대)—산 같은 것의 검푸른 빛. 隱約(은약)—확실히 보이지 않는 모양. 嘯(소)—읊조리다. 寥廓(요확)—텅 비고 끝없이 넓음.

홍주세洪柱世

자는 숙진(叔鎭). 호는 정허당(靜虛堂). 풍산 사람. 광해 임자년 출생. 효종 경인년 문과 급제. 벼슬은 정랑.

봄의 노래

뜰의 풀과 꽃이 비추어
옅은 졸음 걷으니 눈이 밝아져
한가한 이 마음과 경계가 함께 맑다.
종일토록 문앞에 손님 없는데
어디 숨어 사는 새가
이따금 홀로 운다.

春詞

庭草階花照眠明 閒中心與境俱淸 門前盡日無車馬 獨有幽禽時一鳴

정희교鄭希僑

자는 혜이(惠而). 호는 학주(鶴洲). 봉산 사람.

들에서 자다

먼 산에 해가 지니
슬픈 바람이 고목에서 일어난다.
몇 리를 가도 마을이 없어
달 밝은 들 가운데서 잔다.

野宿

落日下遙山 悲風生古木 數里未逢村 月明野中宿

임준원林俊元

자는 자소(子昭). 호는 서헌(西軒). 옥구 사람. 의기(義氣)로 유명함.

새벽에 임진강으로 가며

밤에는 파평역에서 자고
이른 새벽 또 멀리 떠난다.
구름이 내려 끼니 산길 어둡고
등불에 강마을은 밝다.
말을 세우자 문득 별이 떨어지고
배를 저으니 물결이 일려고 한다.
일찍이 어초*의 계획 있었나니
늙고 병들어도 또 이러하구나.

臨津曉行

夜宿坡平驛 侵晨復遠征 雲霏山路暗 燈火水村明
立馬星初落 撑船潮欲生 漁樵有夙計 衰白又玆行

*어초(漁樵)-고기 잡고 나무를 하면서 사는 일. 은거생활. 侵晨(침신)-이른 새벽. 撑船(탱선)-배를 젓다. 衰白(쇠백)-늙어 쇠약해지고 머리가 희어짐.

고후열高後說

자는 필경(弼卿). 익길(益吉)의 아들.

봉양 여관

벼슬살이에 싫증난 서북 나그네
천지 간에 덧없는 한 목숨.
흰머리로 늙어감을 슬퍼하고
맑은 가을 먼 나그네 길 시를 짓는다.
기러기 소리에 천리의 꿈을 깨니
등불이 두 곳의 정을 비춘다.
나뭇잎 떨어지고 비바람까지 치니
내일 아침은 또 갈 길 늦겠구나.

鳳陽旅店

倦遊西北客 天地一浮生 白髮傷遲暮 淸秋賦遠征
雁驚千里夢 燈照兩鄕情 落木兼風雨 明朝又滯行

倦遊(권유)—관리 생활에 싫증이 남. 遲暮(지모)—점차 나이를 먹어감. 지모(遲莫).

이득원李得元

자는 사춘(士春). 호는 죽재(竹齋). 완산 사람.

새벽길

새벽빛은 강물에 잇대어 하얗고
찬 서리 가득 내린 길의 자취
여윈 말로 낙엽 밟고 가는데
가난한 마을 한 마리 개 짖는 소리.

曉行

曙色連江白 寒霜滿路痕 羸驂行落葉 一犬吠荒村

羸驂(이참)-파리하게 여윈 말.

엄의길嚴義吉

자는 여중(蠡仲). 호는 춘포(春圃). 영월 사람.

밤에 앉아서

골짜기 고요하니 사람의 자취가 없고
뜰이 비어 있으니 달빛 흔적뿐이다.
문득 들리는 들개 짖는 소리
술 사는 나그네가 문을 두드린다.

夜坐

谷靜無人跡 庭空有月痕 忽聞山犬吠 沽酒客敲門

허목許穆

자는 화보(和父). 호는 미수(眉叟). 양천 사람. 선조 을미년 출생. 효종 때 정릉참봉. 숙종 때 우의정. 시호는 문정(文正).

산 기운 · 1

별 잘 드는 언덕에 봄기운 이른데
산새들은 스스로 서로 친하네.
남과 나를 모두 잊어버린 자리
거기서 모든 짐승이 순하게 되는 것
내 이제 비로소 알겠네.

山氣 · 1

陽阿春氣早 山鳥自相親 物我兩忘處 始覺百獸馴

物我(물아)–남과 나. 나와 내가 상대하는 것. 馴(순)–길들다. 순종하다.

산 기운 · 2

빈 섬돌에 새들이 내려앉는다.
아무 일 없어 낮에 문을 닫고 있다.
고요히 만물의 이치 살펴보니
내 있는 방이 곧 하나의 건곤*이구나.

山氣·2
空堦鳥雀下 無事晝掩門 靜中觀物理 居室一乾坤

*건곤(乾坤)—구체적인 하늘과 땅에 대하여 추상적이고 형이상학적인 하늘과 땅을 뜻함.

곰소에 배를 띄우고

산 밑 봄 강이 깊으니
물은 흐르지 않는데
푸른 물풀에 바람이 일어
흰 물결 꽃이 피어난다.
푸른 풀 흰 모래 물가에 해 저물어
낚시 거두고 배 옮겨 나루에 오른다.

熊淵泛舟示永叔

山下春江深不流 綠蘋風動浪花浮 草靑沙白汀洲晩 捲釣移舟上渡頭

汀洲(정주)-물가에 흙과 모래가 쌓여 물 위에 나타난 곳.

홍우원洪宇遠

자는 군징(君徵). 호는 남파(南坡). 선조 을사년 출생. 인조 을유년 문과 급제. 벼슬은 이판. 숙종 정묘년에 귀양지 길주에서 죽음. 유집(遺集) 7권이 있음.

후동에 살며

깊은 샘물이 돌을 감싸고 졸졸 흐르니
고요한 밤 빈 산에 그 소리 맑게 울리네.
때때로 꿈결에 놀라 일어나
빈 창을 보나니
성긴 솔에 지나는 빗소리 잘못 안 것이네.

后洞寓居雜咏

幽泉絡石細琤琤 夜靜山空響轉淸 時時驚起虛窓夢 錯認疎松過雨聲

밤에 읊다

서쪽 못에 연꽃 향기 다하고
빈 집에 가을이 들어 살게 되니
밤에 뜨는 달도 서늘하다.
세상의 마음 아픈 모든 일들
문득 한 소리 길게 내어 지르고
바람 앞에 다 날려 보낸다.

夜吟

西池落盡藕花香 虛閣秋生夜月凉 世間傷心多少事 都付風前一嘯長

都付(도부)-모두 부침.

김수항金壽恒

자는 구지(久之). 호는 문곡(文谷). 상헌(尙憲)의 손자. 인조 기사년 출생. 효종 신묘년 문과 장원급제. 문형을 맡음. 벼슬은 영의정. 시호는 문충(文忠). 진도로 귀양가서 죽다.

눈 오는 밤 홀로 앉아

부서진 집에 매운 바람 들이치고
빈 뜰에는 흰눈이 쌓인다.

시름은 등불과 함께
이 밤 다 같이 재가 되리니.

雪夜獨坐

破屋凄風入 空庭白雪堆 愁心與燈火 此夜共成灰

윤휴尹鑴

자는 희중(希仲). 호는 백호(白湖). 남원 사람. 광해 정사년 출생. 일사(逸仕)로 우참찬에 이름.

누추한 거리

분명히 의관을 쓴 선비 몸으로
누추한 음식과 거처, 그 가난 싫어하지 않는다.
구름이 흩어지면 모든 나라에서 같이 달을 보고
꽃이 피면 모든 집이 다 함께 봄을 얻는다.
소자*의 시에는 그 기상이 많고
도연명*은 취중에 그 천진을 즐겼다.
예부터 대은*은 저잣거리에서 숨어 지냈으니
하필 쓸쓸한 물가에서 낚싯대를 던지리.

陋巷

明着衣冠士子身 簞瓢陋巷不厭貧 雲開萬國同看月 花發千家共得春
邵子吟中多氣像 淵明醉裏樂天眞 從來大隱皆城市 何必投竿寂寞濱

*소자(邵子)―송나라의 학자 소강절. 역리에 정통했음. *도연명(陶淵明)―동진의 전원시인 도잠. 특히 그의 「귀거래사」가 유명하다. *대은(大隱)―참된 은사(隱士). 대은은조시(大隱隱朝市)라는 말이 있음. 士子(사자)―선비. 簞瓢(단표)―밥을 담는 대그릇과 국을 담는 표주박. 가난한 사람이 먹는 보잘것없는 음식. 陋巷(누항)―누추하고 좁은 거리.

이단하李端夏

자는 계주(季周). 호는 외재(畏齋). 이식(李植)의 아들. 인조 을축년 출생. 현종 임인년 문과 급제. 문형을 맡음. 벼슬은 좌의정. 시호는 문충(文忠).

대흥동

하늘이 명승지의 비밀을 여니
사람이 좋은 날을 가려 온다.
흐르는 물은 모두 폭포가 되고
돌이란 모두 돈대를 이루었다.
나뭇잎 떨어지니 벌써 가을 소리 깊고
봉우리는 높아 저녁빛 재촉한다.
산비가 내릴까 걱정하다가
잠시 이리저리 거닐어 본다.

大興洞

天闢名區秘 人從勝日來 有流皆作瀑 無石不成臺
木落寒聲早 峰高暮色催 却愁山雨至 領畧暫徘徊

領畧(영략)-알아차림. 이해함.

남구만南九萬

자는 운로(雲路). 호는 약천(葯泉). 의령 사람. 인조 기사년 출생. 효종 병신년 과거 급제. 벼슬은 영상. 문형을 맡음. 시호는 문충(文忠).

태천 상인에게

나는 흐르는 물과 같아 돌아갈 수 없는데
그대는 뜬구름 같아 마음대로 오간다.
여관에서 만났는데 봄이 저무려고 하니
엄나무의 지는 꽃이
눈물 아롱지듯 빈 뜰에 가득하다.

慶州贈泰天上人

我如流水無歸去 爾似浮雲任往還 旅館相逢春欲暮 刺桐花落滿庭斑

上人(상인)-지혜와 덕이 뛰어난 중. 중의 존칭. 刺桐(자동)-엄나무.

몽성을 보내며

만나 얼마 안 되어 서로 헤어지니
멀고 먼 그 여행 길 언제 돌아오려나.
버들은 사람 붙잡아 가는 말을 매어 놓고
봄바람은 나그네를 보내며 그 옷을 펄럭이네.
시내는 잔설에 진흙다리 미끄럽고
철령 높은 구름에 돌길은 희미하리.
나라 일이니 먼 이별 슬퍼하지 마라.
이번 길에 어진이의 좋은 소식 있으리.

送族叔北青判官(夢星)

相看未了却相違 行李迢迢幾日歸 官柳留人縈去馬 春風送客拂征衣
銀溪殘雪泥橋滑 鐵嶺高雲石路微 王事不須愁遠別 賢聲此去有光輝

行李(행리)—행장. 여행의 차림. 征衣(정의)—여행할 때 가지고 가는 옷. 객의(客衣).

한태동韓泰東

자는 노첨(魯瞻). 호는 시와(是窩). 청주 사람. 인조 병술년 출생. 현종 기유년 과거 장원급제. 벼슬은 응교.

우연히 읊다

깊이 숨어서 세상일 끊고
꼼짝 않고 앉아 있으니 바보 같기도 하다.
녹지 않은 눈은 먼 언덕을 덮고
추운 새들은 어두운 가지에 깃들었다.
병들어 술도 많이 마시지 못하고
한가하니 뜻밖에 시를 이룬다.
못난 것을 애써 지키고 있나니
악착같이 힘쓰는 일 모두 부질없어라.

偶吟

幽沈息人事 兀兀坐如痴 餘雪冒遙岸 寒禽投暝枝
病來難劇飮 閒處偶成詩 努力守疲劣 營營徒爾爲

幽沈(유침)–숨고 잠김. 疲劣(피열)–힘이 없고 못남. 營營(영영)–악착같이 이익을 추구하는 모양. 徒爾爲(도이위)–무익한 행위. 소용없는 일.

장정부인張貞夫人

안동 사람(1598~1680). 장흥효의 딸이고 이시명의 부인. 명문가에서 다복하게 살았으며 경사와 시문에 능했음.

쓸쓸한 노래

창밖 빗소리 쓸쓸히 들리는데
쓸쓸한 그 소리 곧 자연이네.
내가 자연의 그 소리 듣고 있으니
내 마음 또한 곧 자연이라네.

蕭蕭吟

窓外雨蕭蕭 蕭蕭聲自然 我聞自然聲 我心亦自然

임영林泳

자는 덕함(德涵). 호는 창계(滄溪). 나주 사람. 인조 기축년 출생. 현종 병오년 생원과 급제. 신해년 문과 급제. 호당에 뽑힘. 벼슬은 대헌.

달밤에 읊다

시냇물이 굽이굽이 돌아 산골짝 깊으니
이 구름과 숲을 세상에 그 누가 알리.
싸늘한 처마의 달이 강산의 빛깔을 드러내고
고요한 밤 책을 펴니 우주의 마음 열린다.
물새가 점차 친해지니 학은 기르지 말라.
솔바람 몰래 들으니 거문고 소리와 같다.
이 깊고 아름다운 느낌 어찌 혼자 맛보랴.
바라노니 조만간 그대 다시 찾아오라.

山齋月夜口占

溪路縈回一壑深 世間誰識此雲林 寒簷月動江山色 靜夜書開宇宙心 沙鳥漸親休養鶴 松風竊聽當鳴琴 箇中佳趣那專享 早晚煩君復見尋

김이만金履萬

자는 중수(仲綏). 호는 학고(鶴皐). 예안 사람. 숙종 계해년 출생. 계사년 문과 급제. 벼슬은 사간.

거지를 슬퍼하다

간밤부터 모든 한길이 바람과 눈에 막혀
갓난애들이 얼고 굶주려 서로 보고 부르짖는다.
내게 양식 없으니 네 배를 채울 수 없고
내게 비단 없으니 네 몸을 따뜻이 할 수 없다.
다만 한 핏줄의 마음만 있을 뿐
너희들 구하고 싶으나 어찌할 수 없구나.
그대는 보지 못하는가.
담비 갖옷과 비단 휘장이 봄처럼 따뜻하고
좋은 술과 고기로 종들에게 교만히 구는 것을.

哀丐者

夜來風雪漲九衢 赤子凍餒相號呼 我無粟兮果爾腹 我無繒兮煖爾軀 只有同胞一寸心 雖欲求之何爲乎 君不見 貂裘錦帳暖如春 漿酒藿肉驕僕奴

丐者(개자)—거지. 夜來(야래)—간밤부터. 九衢(구구)—천자의 도읍에 있는 아홉 큰 길. 果(과)—배 부르게 먹음.

이희지李喜之

자는 사부(士復). 호는 응재(凝齋).

강가에서

문 밖의 봄 강이 푸르러 옷에 푸른 물들고
흐르는 물결에 맡긴 배 한 척 돌아가기 잊었네.
갈매기도 나처럼은 한가하지 못해
종일토록 물가에서 물고기를 엿보네.
강마을 닭이 울어 새벽을 재촉하고
바람 부는 버들가지에 자꾸 쓸려서
달은 겨우 나루터에 비껴 누웠네.
집들이 강 이쪽 저쪽에 있기는 하나
온통 갈대꽃 한 빛이라 사람은 보이지 않네.

江上雜詩

門外春江綠染衣 乘流一棹自忘歸 白鷗未必閒如我 盡日窺魚傍釣磯
水舍鷄鳴夜向晨 柳梢風動月橫津 漁家只在江南北 一色蘆花不見人

水舍(수사)—강마을. 釣磯(조기)—물이 물가에 부딪치는 곳. 또는 그 부근.

새벽에 양근을 떠나며

길손들이 서로 주고받는 말소리가
쓸쓸한 새벽빛 속에 들려온다.
골짜기 깊어 산이 더욱 푸르고
봉우리 없어 아침놀이 희미하게 보인다.
초막집에 뜬구름 같은 사람들 모이니
갈대꽃 위의 기러기 행렬 같다.
눈에 가득히 떠나는 가벼운 배들
나는 그 돛의 바람을 빌고 싶다.

曉發楊根

行者遞相語 蕭蕭曙色中 峽深山更綠 峰缺日微紅
草屋人烟合 蘆花雁陣同 輕舟滿眼去 吾欲借帆風

雁陳(안진)—기러기의 행렬. 안행(雁行).

홍세태洪世泰

자는 도장(道長). 호는 유하(柳下), 또는 창랑(滄浪). 남양 사람. 벼슬은 찰방.

최자장의 죽음을 슬퍼함

지난가을 내게 한번 다녀가라 할 때
구기나무 옆에서 부른 취한 노래
귓속에 상기 남아 있는 것을.
뜰 너머 산봉우리들은 예대로인데
문 닫으니 단풍잎에 떨어지는
찬 빗소리가 가슴을 에이네.

挽睡窩崔子長

去秋要我一相過 枸杞叢邊記醉歌 庭際數峰依舊在 閉門黃葉雨聲多

춘곡의 위패를 보고

처음 도착해서 그래도 있을까 했는데
휘장을 젖히니 사람이 안 보이네.
빈 평상에 앉고 눕던 자리 그대로인데
이제 한 조각 나무 위패에 정신을 부쳤네.
친한 벗들은 때때로 와서 울고
처와 자식은 외롭게 가난을 지키고 있네.
저승에는 심부름꾼 없거니
남긴 초고는 상자 티끌에 맡겼구나.

過春谷靈几

始到疑猶在 披帷不見人 空床餘坐臥 片木寄精神
親友時來哭 妻孥獨守貧 茂陵無使者 遺草委箱塵

片木(편목)-조각 나무. 여기서는 위패. 妻孥(처노)-아내와 자식. 茂陵(무릉)-한나라 무제의 능이 있는 중국의 지명.

이군석李君錫

익신(翊臣)의 아들. 벼슬은 첨사.

비 온 뒤 저녁 마을

막막한 넓은 들
비가 막 지나고 난 뒤
십리 청산 일대가 온통 노을빛이네.
인적 끊긴 석양의 빈 다리와
외로운 연기 피어오르는
쓸쓸한 두세 집이 보이네.

晩村雨後

平原漠漠雨初過 十里青山一帶霞 斜日斷橋人去盡 孤烟寥落兩三家

寥落(요락)–희소함. 쓸쓸함. 적막함.

임황任璜

자는 중륜(仲綸). 서하 사람. 조선 후기 위항시인.

새벽에 김포를 떠나다

오랜 구름의 습기가 개이지 않아
나그네는 아직 도롱이를 입었다.
말을 세우면 문득 청산이 다가서고
배를 부르면 백로가 날아온다.
끊어진 다리에 외나무 길이 가늘고
몇 그루 나무는 물가 마을에 의지했다.
호미를 들고 있는 그대가 부럽구나
이 세상에 아무 시비도 없으리.

曉發金浦

宿雲濕未霽 行客猶簑衣 立馬青山出 呼舟白鳥飛
斷橋樵路細 踈樹水村依 羡爾荷鋤者 世間無是非

문동도文東道

자는 성원(聖源). 호는 경암(敬庵). 단성 사람. 벼슬은 부솔.

맷돌질 노래

사월의 넉넉한 보리밭이
온통 황금물결로 일렁이나니
한아름 베어 와서는
한껏 뻐기며 아내 얼굴 먼저 살피네.
비에 젖은 생섶으로 밥짓기 힘들어
한낮에야 겨우 아침 굶주림을 면하네.

詠碾麥

四月黃雲潤麥田 刈來驕氣婦顔先 青薪雨濕炊何窘 療得朝飢近午天

권두경權斗經

자는 천장(天章). 호는 창설(蒼雪). 안동 사람. 숙종 경인년 문과 급제. 벼슬은 수찬.

옛날을 본뜸

우거진 산 위의 대나무
의기양양한 골짜기의 난초
바람 따라 향기를 풍기지만
굳은 절개는 겨울에야 알 수 있는 것
야광주도 물고기의 눈알과 섞어 놓으면
식자도 실로 혼자 알기 어렵나니
예부터 어질고 통달한 사람은
그 아래 하류들이 칭찬할 바 아니네.
남전에는 좋은 옥이 있지만
빛을 품고서 끝내 말하지 않나니.

擬古

鬱鬱山上竹 揚揚谷中蘭 芳香隨風發 苦節知天寒 明珠混魚目
識者良獨難 自古賢達人 下流非所歎 藍田有良玉 含輝竟不言

苦節(고절)—곤경에도 변하지 않는 굳은 절개. 藍田(남전)—좋은 옥이 난다는 중국의 산 이름.

최창대崔昌大

자는 효백(孝伯). 호는 곤륜(崑崙). 현종 기유년 출생. 숙종 갑술년 문과 급제. 벼슬은 부학.

사규에게

시골 늙은이가 시냇물 동북쪽에 흩어져 사는데
멀리서 보면 사방의 산들이 적막하다.
때로 사립문 밖에서 지팡이에 기대어
이내 낀 나무 사이로 돌아오는 사람 멀리서 본다.
물오리는 떼지어 날아도 모두 어미 곁으로 가고
촌닭들 어지러이 먹이를 쪼아도 각기 수컷 따른다.
밤새 잠을 잃은 남쪽 처마 끝 달에
자던 새 놀라 깨어 참대 숲으로 날아간다.

次士規

野老散居溪東北 迢迢相望四山空 有時倚杖柴門外 遙見歸人煙樹中
水鴨群飛皆傍母 村鷄亂啄各從雄 夜來失睡南軒月 棲鳥驚飛苦竹叢

이병연李秉淵

자는 일원(一源). 호는 사천(槎川). 한산 사람. 현종 신해년 출생. 숙종 때 진사. 벼슬은 삼척 부사.

금릉

말에 안장 얹어 급히 읍을 나오는데
작은 다리 동쪽 뜬구름이 고요하다.
하찮은 벼슬길을 메밀꽃이 비쳐 주고
저녁 빛에 잠긴 집들의 풀벌레가 울어 준다.
아득한 강 가운데 지는 해 남아 있고
가을바람 속에 여기저기 흩어진 마을.
닭이 모이를 쪼며 제 흥을 알 듯
타작하는 마당가에 늙은이가 서 있다.

金陵

鞍馬翛然出邑中 小橋東畔野雲空 微凉官路照蕎麥 薄暮人家鳴草蟲
渺渺半江餘落日 離離數郡盡秋風 黃鷄啄粒知渠興 打稻場邊立老翁

翛然(유연)-빠르게 가는 모양. 빠른 모양. 離離(이리)-흩어진 모양. 渠(거)-그. 그이.

신유한申維翰

자는 주경(周卿). 호는 청천(靑泉). 영해 사람. 숙종 신유년 출생. 계사년 문과 급제. 통신사 제술관이 되고 벼슬은 첨정.

영선사에게

흐르는 물가의 돌을 쓸고 앉아
어디서 오느냐고 스님에게 묻는다.
스님이 무심히 말하기를
아무데도 머무는 곳 없으니
흰구름과 짝하여 돌아다닐 뿐이라고.

磧川寺過方丈英禪師

掃石臨流水 問師何處來 師言無所住 偶與白雲回

이광사李匡師

자는 도보(道甫). 호는 원교(圓嶠). 숙종 을유년 출생. 을해년 부령으로 귀양갔다가 뒤에 신지도로 옮겨 정유년에 죽음. 서화를 잘하고 시문에 능함.

늙은 소의 탄식

진흙에 빠지거나 흙덩이에 넘어지는 천둥 같은 소리뿐
높거나 낮거나 무거운 짐 끌고 갈 희망은 없다.
아침에는 푸른 언덕에 누워 해 그림자 따라 옮기고
밤에는 빈 창고에서 주리며 날 밝기 기다린다.
겨울 까마귀가 등을 쪼면 여윈 것 슬퍼하고
부서진 쟁기를 배에 대면 옛 갈이 생각난다.
쓰임이 끝나고 몸을 버리면 모든 일 끝나는 것.
하비*의 이름만 있는 너를 불쌍히 여긴다.

老牛歎

陷泥蹶塊但雷鳴 無望高平引重行 朝臥綠坡依日晷 夜饑空囤待天明
寒鴉啄背悲全瘠 敗耒橫腰憶舊耕 用盡身捐終古事 憐渠祗有下邳名

*하비(下邳)—장량이 황석공을 만나 병서를 받은 곳. 晷(구)—해그림자. 囤(돈)—작은 곳집.

무제

온갖 새들 다 깃들어 안온한데
외로운 귀뚜라미 소리 홀로 슬프다.
조각 구름은 돌 위에 그늘 지우고
외로운 달은 시골을 비추며 온다.

無題
百鳥棲皆穩 孤蛩響獨哀 片雲依石在 孤月照鄉來

이만부李萬敷

자는 중서(仲舒). 호는 식산(息山). 연안 사람. 현종 갑진년 출생. 영조 때 별제의 벼슬로 불렀으나 나아가지 않고 임자년에 죽음.

태고

태고의 빛깔 보고 싶은가
밝은 달이 하늘 가운데에 돈다.
태고의 소리 듣고 싶은가
맑은 바람이 대숲으로 내려온다.
태고의 이치 알고 싶은가
불쌍히 여기는 것 온몸의 사랑이다.
이 빛깔 보고
이 소리 듣고
이 이치 알면
바로 태고의 사람이다.

太古吟

欲見太古色 好月天中回 欲聞太古聲 淸風竹下來 欲知太古理
惻隱滿腔仁 見此色 聞此聲 知此理 便是太古人

채지홍蔡之洪

자는 군범(君範). 호는 삼환재(三患齋), 또는 봉암(鳳巖). 숙종 계해년 출생. 벼슬은 현감. 신유년 죽음.

오서산에 올라 바다를 보고

오르고 올라 꼭대기에 가마 세우고
사방 바다 굽어보니 미려* 가까운 곳
모든 것 받아들여 없는 것 없고
모든 냇물 삼키고 뱉어도 오히려 비었다.
만일 산기슭에서 그만 쉬었더라면
물결이 이렇게 넓은 줄 어찌 알랴.
묵은 빚을 이미 갚고도 흥이 남으니
석양 돌아가는 길에 나귀를 거꾸로 탈 듯.

登烏棲山望海

登登絶頂住肩輿 俯視滄溟近尾閭 萬族涵容無不有 百川吞吐實猶虛
若從山麓便休了 詎識波瀾此浩如 宿債已酬餘興在 夕陽歸路倒騎驢

肩輿(견여)–사람이 앞뒤에서 어깨에 메는 가마. *尾閭(미려)–바다 밑 바닷물이 쉴 새 없이 샌다는 곳.

김신겸金信謙

자는 존보(尊甫). 호는 노소(櫓巢). 안동 사람. 경종 신축년 진사에 장원 급제. 벼슬은 교관이 었으나 나아가지 않음. 시호는 문경(文敬).

도화동의 저녁 조망

우연히 산늙은이를 만나 막걸리를 마시고
저녁 하늘 개인 곳 동쪽 언덕에 섰다.
서리 맞은 붉은 감은 잎 사이로 비치고
놀 밖의 푸른 솔가지에 달은 높게 걸쳤다.
만 리의 산천 참으로 쓸쓸하고
백년 세월 가슴에 서린 것은 모두 근심뿐
이제부터 주역을 안고 골짜기에서 죽는다면
젊은 객기 대단하다 도리어 웃으리라.

桃花洞夕望

偶被山翁勸濁醪 晚天晴處立東皐 葉間丹柿迎霜透 霞表蒼松引月高
萬里山川正寥落 百年懷緒摠離騷 從今抱易岩阿死 却笑靑春客氣豪

離騷(이소)—굴원의 대표적 서사시의 제목. 그 뜻은 근심과 헤어짐이란 왕일의 설과 근심을 만남이란 반고의 설이 있는데, 여기서는 후자의 뜻. 소(騷)는 수(愁). 岩阿(암아)—산골짜기.

오광운吳光運

자는 영백(永伯). 호는 약산(藥山). 동복 사람. 숙종 기사년 출생. 갑오년 진사에 기해년 문과에 급제. 벼슬은 대사헌. 홍문관 제학. 을축년 죽음.

개펄의 고기잡이 불

긴 밤의 고기잡이 등불들
점점이 반짝이니 시름겨워라.
달빛과 별빛도 더불어 빛나는 물가
일시에 그림자 어지러이 다투어 깜박거리고
바람 이니 만 이랑 갈대꽃 가을 보겠네.

江浦漁火

遙夜漁燈點點愁 伴星和月耿寒洲 一時影亂爭明滅 風起蘆花萬頃秋

요야(遙夜)-긴 밤. 만경(萬頃)-만 이랑. 한없이 넓은 모양.

조재호趙載浩

자는 경대(景大). 호는 농촌(農村), 또는 손재(損齋). 숙종 임오년 출생. 영조 갑자년 문과 급제. 벼슬은 우의정.

죽은 아우의 무덤

옛집은 처와 자식이 지키는데
쓸쓸한 산에서 세월이 흘렀구나.
쌓인 슬픔에 남은 눈물도 마르고
반을 베어낸 이 몸이 외롭다.
저 멀리 바라보는 거친 구름 끊어지고
놀란 마음은 먼 기러기를 부른다.
인생에 한 즐거움 사라졌으니
뒤에 홀로 죽을 내가 가엽구나.

亡弟墓

古宅妻兒守 空山歲月徂 積哀餘淚盡 半割此身孤
極目荒雲斷 驚心遠雁呼 人生虧一樂 後死獨憐吾

極目(극목)–시력이 미치는 한.

김이곤金履坤

자는 원재(原哉). 호는 봉록(鳳麓). 숙종 임진년 출생. 영조 갑오년 신계령(新溪令)으로 추천되었으나 수개월 뒤 죽음.

한가한 취미

내 집은 골짜기 입구에 있어
숲속으로 난 오솔길이 희미하다.
바람이 따뜻해 숨은 새들 지저귀고
집 앞이 깊숙해 지나는 길손도 드물다.
풀꽃은 외로이 스스로 비추이고
숲속의 비는 조용히 보슬거린다.
이따금 맑은 시내로 나갔다가
누구 만나면 앉아서 돌아올 줄 모른다.

閒趣

我家谷口住 穿樹一蹊微 風暖幽禽語 門深過客稀
草花孤自映 林雨暗成霏 時向淸溪去 逢人坐不歸

남유용南有容

자는 덕재(德哉). 호는 뇌연(雷淵). 숙종 무인년 출생. 경종 신축년 진사. 영조 경신년 문과 급제. 벼슬은 형판. 문형을 맡다. 시호는 문정(文靖). 계사년 죽음.

삼전도를 지나며 짓다

돌로 태어나려면 크고 단단하기 바라지 말지니
한 번 삼전도* 어구의 비석을 보라.
사람으로 태어나려면 재주 있고 글 잘하기 바라지 말지니
한 번 삼전도의 비문을 읽어 보라.
삼전도 밤낮으로 깊고 넓게 흐르는데
그 하류는 동강가에 바로 이어졌다.
다른 날 동강을 지나가게 된다면
내 소는 그 강물을 먹이지 않으리라.

過三田渡有作

石生不願堅以穹 試看三田渡口碑 人生不願才且文 試讀三田碑上辭
三田日夜流沄沄 下流直接東江涘 他年若過東江去 莫以吾牛飲江水

*삼전도(三田渡)-서울 강동구 송파동 한강가의 나루. 병자호란 때 청 태조에게 인조가 항복한 곳. 여기에 청 태조의 공덕비를 세웠음. 沄沄(운운)-물이 소용돌이 치는 모양. 물이 깊고 넓게 흐르는 모양.

술 거르는 것을 보며

아내는 술 거르고 아이는 동이로 받으라 하고
나는 턱 고이고 앉아 술 냄새를 맡는다.
쌀 한 말로 작년에는 세 병을 걸렀는데
금년에는 술이 좋아 열 잔이 적다.
술이 좋아 일찍 취할 수 있다면
열 잔을 잃더라도 그 값은 있는 것.
술기운 약하다고 머뭇거리지 말고
우선 내게 한 병 주어 맛보게 하라.

看漉酒

勸婦漉酒兒承盎 我坐搘頤聞酒香 斗米前年得三瓶 今年酒好少十觴
我言酒好輕得醉 雖失十觴亦相當 不須斟酌踈酒氣 且將一瓶與我嘗

搘頤(지이)—턱을 고임. 輕醉(경취)—빨리 취함. 斟酌(짐작)—술을 따름. 짐작함. 머뭇거림.

이용휴李用休

자는 경명(景明). 호는 혜환(惠寰). 여주 사람. 진사.

농사집

아낙은 앉아서 아이 머리 두들기고
늙은이는 구부리고 외양간을 친다.
마당가에 우렁이 껍질이 쌓여 있고
부엌에는 마늘 줄기가 흩어져 있다.

田家

婦坐掐兒頭 翁傴掃牛圈 庭堆田螺殼 廚遺野蒜本

掐(도)-두드림. 꺼내다. 田螺(전라)-우렁이. 蒜本(산본)-마늘 줄기.

느낌

소나무 숲을 다 지나면 세 갈래 길.
언덕 곁에 말 세우고 이씨 집을 찾았더니
농부는 호미 들고 동북쪽을 가리키며
까치집 있는 마을 안에서
석류꽃이 보이는 집이라고.

有感

松林穿盡路三丫 立馬坡邊訪李家 田夫擧鋤東北指 鵲巢村裏露榴花

丫(아)—묶은 머리. 가닥. 가장귀.

서영수각徐令壽閣

감사 서형수의 딸. 승지 홍인모의 부인. 당대 문장가인 석주 · 길주 · 현주 등 세 아들과 규수 시인 유한당 원주를 낳았다. 작품집 『영수각고』가 있다.

구름

산기운이 흐르고 흘러서
해질녘에는 구름이 되니
숲 모습과 물빛은 분간하기 어려워라.
봄 하늘에 날아들어 저녁놀 비치니
온통 은빛 바다 푸른 물결 이루었네.

詠雲

山氣溶溶晚作雲 林容水色摠難分 飛入春空落霞映 渾成銀海碧波文

매미 소리 듣다

높은 누각의 발을 걷고 매미 소리 들으니
시냇가 푸른 숲에서 그 소리 들려오네.
비 온 뒤 그 소리에
푸른 산빛은 일시에 싱그러워지는데
어떤 사람이 석양에 가을바람 맞고 있네.

聽蟬

捲簾高閣聽鳴蟬 鳴在淸溪綠樹邊 雨後一聲山色碧 西風人倚夕陽天

정박鄭璞

자는 탁지(琢之). 호는 남병(南屛). 초계 사람. 영조 때 진사.

늦봄의 선유동

때가 되어 산밭에 보리를 뿌린다.
깊은 곳은 이제야 눈이 녹았다.
들불이 버들을 온통 태웠고
시내의 다리는 봄물에 반쯤 잠겼다.
구름을 바라보며 중과 이야기하고
골짜기에 들어 새와 서로 부른다.
숲속 기운이 향기처럼 은은하고
흰 목련꽃은 가지 끝에 남아 있다.

晩春遊仙遊洞

山田時種麥 深處雪初消 野火全燒柳 春溪半浸橋
看雲僧共話 入洞鳥相招 冉冉林間氣 花殘木筆梢

冉冉(염염)—부드러워 아래로 늘어진 모양. 세월 같은 것이 가는 모양. 향기가 나는 모양. 木筆(목필)—신이(辛夷). 백목련의 별칭.

김삼의당金三宜堂

영조 때 전북 남원 태생. 한 마을에 사는 하황(河滉)과 생년월일시가 같다고 하여 결혼하였다 함. 내외가 모두 시문에 능함. 시 99수와 문 19편이 수록된 문집 『삼의당고』가 있다.

가을밤의 비

하늘 끝 멀리 떠난
꽃다운 임의 소식 끊어져
쓸쓸하게 문 깊이 닫고 지내나니.
긴 밤 내내 오동잎 울리는 소리.
처마 끝에 떨어지는 성긴 빗방울 소리.

秋夜雨

天涯芳信隔 寂寂掩深戶 永夜鳴梧葉 簷端有疎雨

天涯(천애)—하늘 끝. 아주 먼 곳. 芳信(방신)—꽃다운 소식. 좋은 소식. 疎雨(소우)—성기게 오는 비.

맑은 밤 물을 긷다

맑은 밤에 맑은 물을 긷나니
맑은 물 길어도 길어도
밝은 달이 우물 속에서 솟네.
말없이 난간에 서 있으면
바람이 오동나무 그림자를 흔드네.

淸夜汲水

淸夜汲淸水 明月湧金井 無語立欄干 風動梧桐影

淸夜(청야)–맑은 밤. 청소(淸宵). 金井(금정)–아름다운 우물. 소중한 우물.

고시언高時彦

자는 국미(國美). 호는 성재(省齋). 또는 율원(栗園). 개성 사람.

달밤

짧은 무명옷 입고 작은 집 동쪽을 거닐다가
갈바람에 지는 오동잎 보고 놀란다.
외로운 성에 달 뜨고 풀벌레 울어
온갖 나무들 가을의 이슬 기운 머금었다.
고금에 어지러운 일들은 언제 끝나는가.
천지가 아득하여 이 길이 괴롭나니
집이 가난해도 도리어 나라 걱정.
어리석은 충정이 깜깜한 방* 같아 스스로 웃는다.

月夜

短褐徘徊小院東 驚梧一葉乍金風 孤城月挂虫吟裏 萬樹秋涵露氣中
古今紛紜何日了 乾坤遼濶此途窮 家貧不恤還憂國 自笑愚衷漆室同

*깜깜한 방(漆室)—노나라의 천부(賤婦)가 깜깜한 방에서 나라 일을 근심했다는 고사. 즉 신분에 지나친 근심. 칠실지우(漆室之憂). 短褐(단갈)—천한 사람이 입는 거친 무명옷. 金風(금풍)—서풍. 가을바람. 愚衷(우충)—자기 속마음의 겸칭.

홍유한당洪幽閑堂

이름은 원주(原周). 홍인모와 서영수각의 딸. 심의석의 부인. 2백여 편의 시가 수록된 『유한당 시고』가 있다.

매화를 보며

한 그루 매화에 고향을 생각하니
담 머리 달 밝을 때 홀로 먼저 피던 꽃.
아, 내 없는 몇 해이던가.
내리는 봄비 그 누가 반겼을꼬.
밤마다 꿈속에 보이는 그 꽃.

惜鄕梅

千里歸心一樹梅 墻頭月下獨先開 幾年春雨爲誰好 夜夜隴頭入夢來

홍양호洪良浩

자는 한사(漢師). 호는 이계(耳溪). 풍산 사람. 영조 갑진년 출생. 임신년 문과 급제. 벼슬은 이판. 문형을 맡음.

두만강

두만강 사월은 얼음과 눈이 녹아
송어가 처음으로 슬해에서 온다.
강변의 집집마다 큰 그물 엮어
그물 가지고 알몸으로 강물에 뛰어드나니
슬프도다, 고기 쫓아 강 중간을 넘지 마라.
강 절반 밖은 우리 땅이 아니다.

豆江

豆江四月氷雪消 松魚始自瑟海至 江邊家家結大網 持網赤身入江水
嗟爾逐魚愼勿過半江 江半之外非吾地

정약용丁若鏞

자는 미용(美庸). 호는 다산(茶山), 열초(洌樵), 사암(俟菴). 나주 사람. 영조 임오년 출생. 정종 기유년 문과 급제. 벼슬은 승지.

애절양

갈밭마을 젊은 여인 오래오래 통곡하네.
관청 문을 향해 울부짖다 하늘 보고 호곡하네.
전쟁에 나간 남편 못 돌아옴은 있을 법하지만
자고로 스스로 남근 잘랐단 말 듣지 못했네.
시아버지 죽어 소복 입고 갓난애는 배냇물도 못 씻었는데
삼대의 이름이 군적에 실렸네.
관가에 호소했으나 문지기 호랑이 같고
이정은 호통치며 소를 끌고 갔네.
칼 갈아 방에 들어 남근을 자르니 선혈이 낭자해
스스로 한탄하길 애 낳아 이런 환란 당했네.
잠실* 부당한 형벌 무슨 죄인가.
민건* 거세도 애처로운 일이로다.
아들 딸 낳고 사는 이치 하늘이 준 것.
건도는 아들이 되고 곤도는 딸이 되는 것.
말 돼지 거세하는 것도 오히려 슬픈 일이거늘
하물며 후손 이으려는 사람에 있어서랴.

권세 있는 부자들은 한 해가 다하도록 풍악을 즐기며
한 톨 쌀 한 치 베도 바치는 일 없구나.
다 같은 백성인데 왜 이리 고르지 못한가.
유배지에서 거듭 시구편*을 읊노라.

哀絕陽

蘆田少婦哭聲長 哭向縣門號穹蒼 夫征不復尙可有 自古未聞男絶陽
舅喪已縞兒未澡 三代名簽在軍保 薄言往愬虎守閽 里正咆哮牛去皁
磨刀入房血滿席 自恨生兒遭窘厄 蠶室淫刑豈有辜 閩囝去勢良亦慽
生生之理天所予 乾道成男坤道女 騸馬豶豕猶云悲 況乃生民思繼序
豪家終歲奏管絃 粒米寸帛無所捐 均吾赤子何厚薄 客窓重誦鳲鳩篇

*잠실(蠶室)-누에 치는 방. 궁형(宮刑)을 치른 사람을 수용하던 방. *민건(閩囝)-중국의 민(閩)이라는 지방에서 어린아이를 거세하는 건(囝)이라는 풍습이 있었다 함. *시구편(鳲鳩篇)-시경 조풍의 편명. 뻐꾸기가 여러 마리의 새끼들을 고루 먹여 살리는 것을 들어 임금은 백성들을 그와 같이 고루 다스려야 함을 노래한 것. 哀絕陽(애절양)-남자가 자신의 생식기를 자른 일을 슬퍼함. 淫刑(음형)-부당한 형벌. 騸馬(선마)-말을 거세함. 豶豕(분시)-돼지를 거세함. 里正(이정)-마을 우두머리 이장.

승냥이와 이리*

―「승냥이와 이리」는 삶의 터전을 잃고 흩어져 떠도는 백성들을 가엽게 여겨 부른 노래다.

남녘 땅에 용촌과 봉촌 두 마을이 있고, 용촌에 갑이 살고 봉촌에 을이 사는데, 그 둘이 우연히 다투고 나서 을이 앓다가 죽었다. 두 마을 백성들은 관가의 트집이 두려워서 갑에게 스스로 결단하라고 하였고, 갑은 흔연히 마을의 안녕을 위해 자살하였다.

그러나 두어 달 뒤 관리들은 소문을 듣고 두 마을을 토색하여 돈 삼만 냥을 걷어 갔으니, 한 치 베, 한 알 쌀인들 남을 수 있겠는가.

승냥이여, 이리여
우리 삽살개를 잡아갔으니
우리의 닭일랑 잡아가지 마라.
자식마저 이미 죽과 바꾸었는데
이제 또 그 누가 내 아내를 사갈 것이냐.
너희들은 내 가죽을 벗겨 가고
이제 내 뼈마저 부수는구나.
우리 논밭을 바라보아라.
그 얼마나 가여운 모습이냐.
피도 가라지도 자라지 못하거니
다북쑥 물쑥인들 어찌 자라리.
살인자는 이미 자살했는데

또 다시 누구를 해치려느냐.

豺狼

狼兮豺兮 旣取我尨 毋縛我鷄 子旣粥矣 誰買吾妻 爾剝我膚
而槌我骸 視我田疇 亦孔之哀 稂莠不生 其有蒿萊 殺人者死
又誰災兮

*이 작품은 3장으로 되어 있는데 이것은 제2장만 옮긴 것이다. 豺狼(시랑)—승냥이와 이리. 잔인하고 무정한 자의 비유. 여기서는 부패한 관리. 尨(방)—삽살개. 稂莠(낭유)—논밭에 나는 피와 가라지 같은 잡초. 양민을 해치는 자.

여름날 전원

아름다운 붉은 작약 옛 모습 그대로인데
부서져 지는 꽃잎 개미굴에 떨어지네.
어찌 밤꽃 향내를 잡을 수 있으랴.
가지 끝에 배고픈 벌들 수없이 붙어 있네.

夏日田園雜興

絶憐紅藥舊時容 破碎殘腮落螘時 豈有栗花香可採 梢頭無數著飢蜂

腮(시)—뺨. 시(顋)와 같은 글자. 螘(의)—개미. 의(蟻)와 같음.

이덕무李德懋

자는 무관(懋官). 호는 아정(雅亭), 또는 형암(炯庵). 완산 사람. 영조 신유년 출생. 벼슬은 규장각검서관. 적성현감. 문집에 『청장관집』, 『청비록』이 있음.

선연동

비단치마 시샘하듯 선연동* 풀빛 푸른데
풍기던 분 향내는 무덤에 잠겼구나.
어여쁜 낭자들이여, 아름답다 자랑 마라.
이곳엔 그대만 한 이들 수도 없이 많나니.

嬋娟洞

嬋娟洞草賽羅裙 剩粉遺香暗古墳 現在紅娘休詑艷 此中無數舊如君

*선연동(嬋娟洞)—평양에 있는 기생의 공동묘지. 賽(새)—주사위. 우열을 다툼. 詑(이)—으쓱거림. 이(訑)와 같음.

박지원朴趾源

자는 중미(仲美). 호는 연암(燕岩), 또는 공작관(孔雀舘). 반남 사람. 벼슬은 음직 양양부사. 시호는 문도(文度). 69세에 죽음.

새해 아침 거울을 보고

어느덧 흰 수염 줄기는 더해 가는데
육척의 키는 전혀 변함이 없구나.
거울 속 얼굴 모습은
세월 따라 달라지지만
이 어린 마음 오히려 작년과 같네.

元朝對鏡

忽然添得數莖鬚 全不加長六尺軀 鏡裏容顔隨歲異 穉心猶自去年吾

元朝(원조)-새해 아침. 莖(경)-줄기. 穉(치)-어림. 치(稚)와 같음.

이언진李彦瑱

자는 우상(虞裳). 호는 창기(滄起). 강양 사람. 27세 요절. 문집에 『송목관집』이 있음.

창문 빛

창문 빛이 검푸르다 붉어지니
산 위의 남은 노을과 지는 해가
온통 붉게 타오르는구나.
이 기이한 장관을 그리려고 보니
복사꽃 숲속의 눈부신 수정궁이네.

窓光

窓光蒼黑變成紅　嶺上殘霞落日烘　欲象此時奇絶觀　桃花林裏水晶宮

蒼黑(창흑)—검푸른 빛. 烘(홍)—타오르다. 횃불.

이승훈李承薰

자는 계경(繼卿). 호는 만천(蔓川). 평창 사람. 벼슬은 음직 현감.

잡화

뜰의 꽃이 풀 사이에 숨어 있다가
긴 여름 내내 꽃을 피우네.
문에 꽃빛깔들 서로 비추니
입은 옷에 은은히 향내 스미네.
조용한 새가 즐겨 발로 스치고
나비는 스스로 돌아갈 것을 아네.
작은 꽃 진정 사랑할 만하니
애써 손으로 가꿀 필요도 없네.

雜花

庭花隱亂草 長夏續能開 分戶色相映 襲衣香暗來
幽禽便喜蹴 飛蝶自知廻 微卉眞堪愛 不須勤手栽

幽禽(유금)-조용한 곳에서 사는 새. 유조(幽鳥).

이옥李鈺

전주 사람. 호는 문무자(文無子). 문집『모니공작고』가 있음.

맑은 가락 · 1

서방님은 나무 기러기 들고
이 몸은 말린 꿩을 받들었네.
그 꿩이 울고
그 기러기 날 때까지
두 사람의 정 끝이 없기를.

雅調 · 1

郎執木雕雁 妾奉合乾雉 雉鳴雁飛高 兩情猶未已

木雕雁(목조안)–혼례 때 신랑이 신부 집에 들고 가는 나무로 만든 기러기. 합건치(合乾雉)–혼례 때 신부가 신랑에게 말린 꿩고기를 합에 담아 바치는 풍속이 있음.

맑은 가락 · 2

사경에 일어나 머리 빗고
오경엔 어른께 문안하나니
다짐하건대 친정에 돌아가선
먹지도 아니하고
한낮이 겹도록 잠을 자리라.

雅調 · 2

四更起梳頭 五更候公姥 誓將歸家後 不食眠日午

김부용당 운초金芙蓉堂 雲楚

조선 중기 성천의 명기. 김이양의 소실. 이름은 운초. 호는 부용. 가무와 시문에 뛰어남. 삼백여 편이 수록된 『부용집』이 있음.

돌아가는 길

해는 길고 산은 깊고
푸른 풀은 향기로운데
이 봄 돌아가는 길 아득히 알 수 없네.
묻노니 이 몸 어디 있는 것 같은가.
해 저문 하늘 끝 외로운 구름을 보네.

歸路

日永山深碧草薰 一春歸路杳難分 借問此身何所似 夕陽天末見孤雲

借問(차문)-시험 삼아 물어봄. 감히 물어봄. 何所(하소)-어느 곳. 어디.

김정희金正喜

자는 원춘(元春). 호는 완당(阮堂), 또는 추사(秋史). 정조 병오년 출생. 순조 기묘년 과거 급제. 벼슬은 이조참판. 그의 고증적 학풍은 실학의 한 계보를 이루고 있으며, 추사체 글씨로 유명함.

시골집 벽에 쓰다

낙엽 진 앙상한 버드나무 한 그루
그 곁에 몇 개의 서까래로 얽은 집 한 채
백발의 영감과 할멈이 쓸쓸히 살고 있다.
세 자도 넘지 않는 계곡 가의 길에는
칠십 년이나 서풍을 맞고 있는
철쭉나무 하나 서 있고.

題村舍壁

禿柳一株屋數椽 翁婆白髮兩蕭然 未過三尺溪邊路 玉躅西風七十年

禿(독)—대머리. 민둥산. 잎이 떨어진 나무. 椽(연)—서까래. 蕭然(소연)—쓸쓸한 모양. 조용한 모양.

송경 가는 길

산마다 자줏빛 푸른빛, 서당이 되니
울타리에 시 읽는 소리 연이어
푸른 냇물은 길게 흐르네.
들바람은 삿갓에 불고 숲에는 비 뿌리는데
인삼 꽃 핀 한 마을이 향기에 싸여 있네.

松京道中

山山紫翠幾書堂 籬落句連碧澗長 野笠卷風林雨散 人蔘花發一村香

紫翠(자취)-자줏빛과 푸른 빛. 산의 경치를 형용한 말. 籬落(이락)-울타리.

이량연李亮淵

자는 진숙(晋叔). 호는 임연(臨淵), 또는 산운(山雲). 영조 신묘년 출생. 벼슬은 일동중추.

시골 아낙

남편이 묻네 어머니의 나이를.
내 어머니는 늘 병이 많으셨네.
농사일 마치고 함께 한번 뵙고자 하나
시아버지 엄하여 감히 말씀 못 드리네.

村婦

問君母年幾 我母常多病 了鋤合一歸 舅嚴不敢請

鋤(서)-호미. 밭일이나 농사일의 비유. 舅(구)-시아버지. 장인.

시골살이의 고생

갈던 밭을 팔아 양식을 사니
내년에는 어느 땅을 경작하나.
오직 원하는 것은
영리한 아이 하나 태어나
글 배워 관리 되는 것이네.

田家苦

耕田賣田糴 來歲耕何地 願生伶俐兒 學書作官吏

田家(전가)-시골집. 농가. 糴(적)-쌀을 사들임.

변종운卞鍾運

자는 붕칠(朋七). 호는 소재(嘯齋). 거창 사람. 벼슬은 가선동중추.

객이 내 근황을 묻다

객이 와서 물과 달에 대해 이야기하는데
나는 이미 차고 비는 이치를 깨달았다네.
만사는 흐트러진 살쩍이요
외로운 마을의 한 초막집 같은 것.
꽃 지는 봄에는 술이 있고
이슬비 내리는 밤에는 책을 보네.
궁함과 현달에 모두 뜻이 없으니
뜬구름 같은 인생 되는 대로 맡기네.

客問余近況

客來談水月 吾已悟盈虛 萬事雙蓬鬢 孤村一草廬
落花春有酒 細雨夜看書 窮達都無意 浮生任卷舒

蓬鬢(봉빈)-흐트러진 살쩍, 곧 귀밑 털. 卷舒(권서)-구부리고 폄. 나아감과 물러감.

김병연金炳淵

자는 성심(性深). 호는 난고(蘭皐). 순조 정묘년 경기도 양주 출생. 평생 삿갓을 쓰고 다녔으므로 세상 사람들이 김립(金笠)이라 불렀다.

무제

네 다리 소나무 소반의 죽 한 그릇에
하늘빛과 구름 그림자가 함께 떠도네.
주인은 면목 없다고 말하지 말라.
나는 청산이 물 위에 거꾸러진 것 좋아하노라.

無題

四脚松盤粥一器 天光雲影共徘徊 主人莫道無顏色 吾愛青山倒水來

삿갓

둥둥 떠다니는 내 삿갓 빈 배와 같아
한 번 쓰니 편안하여 사십 년이 되었다.
목동의 차림으로 들 송아지를 따라가고
고기잡이 늙은이처럼 갈매기와 벗 삼는다.
한가할 때 벗어 걸고 꽃가지 보며
흥이 나면 손에 들고 달 보러 누각 오른다.
세상 사람의 의관은 모두 겉치레지만
비바람 부는 날도 나 홀로 걱정이 없다.

詠笠

浮浮我笠等虛舟 一着平安四十秋 牧竪行裝隨野犢 漁翁本色伴江鷗
閒來脫掛看花樹 興到携登咏月樓 俗子衣冠皆外飾 滿天風雨獨無愁

牧竪(목수)–목동. 行裝(행장)–여행의 차림.

박죽서朴竹西

호는 반아당(半啞堂). 헌종 때 사람. 박종언의 소실의 딸이며, 서울 부사 서기보의 부실. 179편의 시가 수록된 『죽서시집』이 있는데, 여기에 발문을 쓴 금원(錦園)과는 같은 원주 사람으로 평생 시문을 함께한 사이다.

새벽에 앉아

먼 하늘 바람에 기러기 떼 울며 날고
우수수 댓잎소리 빗소리에 섞여 우네.
등불은 꺼지려 하고 향불 막 꺼졌는데
새벽달은 아직 다락 끝에 걸려 있네.

曉坐

一陣歸鴻叫遠風 竹聲時雜雨聲中 寒燈欲滅香初歇 曉月猶遲小院東

전봉준全琫準

전라북도 태인 사람. 별명 녹두장군(綠豆將軍). 동학혁명의 지도자. 일본군의 대대적인 반격으로 패하여 1895년 처형당함.

죽음*

때를 만나서는 천지가 나와 함께했지만
시운이 다하니 영웅도 스스로 어쩔 수 없네.
백성을 사랑하고 정의 위한 일 무슨 잘못이랴.
나라 위한 붉은 마음 그 누가 알리오.

殞命

時來天地皆同力 運去英雄不自謀 愛民正義我無失 愛國丹心誰有知

*이 시는 작자가 순창에서 체포되어 서울로 압송, 처형 직전에 지은 것.

이설李偰

자는 순명(舜命). 호는 복암(復庵). 연안 사람. 철종 경술년 출생. 기축년 과거 급제. 벼슬은 승지. 민비 살해 사건에 의병을 일으켜 싸우다가 체포됨.

목을 끊어도 · 1

목을 끊어도 머리털 어찌 끊으랴.
몸은 썩어도 이름은 썩지 않으니
만고에 문명과 야만을 가린 것
너* 한 사람 힘으로 지켜지도다.

頸斷

頸斷髮豈斷 身朽名不朽 萬古華夷防 賴汝一人守

*단발령이 내리자 이설과 함께 의병을 일으킨 김복한(金福漢)을 이름. 防(방)–막다. 가리다.

목을 끊어도 · 2

그대는 의거를 주장했고
나는 항소로 항쟁하려 했나니
뜻한 바는 비록 각기 다르지만
같이 죽어 이름을 함께 전하리.

頸斷 · 2
君主擧義論 我欲抗疏爭 所志雖自異 同死由齊名

이건창李建昌

자는 봉조(鳳藻). 호는 영재(寧齋). 또는 명미당(明美堂). 전주 사람. 철종 임자년 출생. 태왕 병인년 과거 급제. 벼슬은 승지.

달밤 연못에서

달빛이 좋아 잠을 못 이루고
문을 나와 작은 못에 이르렀네.
연꽃은 이미 지고 없는데
나는 그 꽃 냄새를 느끼네.
바람 불어 연잎을 뒤치니
물 밑에 별 하나 드러나
손으로 그것을 만지려 하니
푸른 물결 차가와 뼛속에 스미네.

月夜於池上作

月好不能宿 出門臨小塘 荷花寂已盡 惟我能聞香
風吹荷葉飜 水底一星出 我欲手探之 綠波寒浸骨

김택영金澤榮

자는 우림(于霖). 호는 창강(滄江). 벼슬은 통정대부

안중근의 소식을 듣고 · 1

평안도* 장사가 두 눈 부릅뜨고
양새끼 죽이듯이 나라 원수 죽였나니
죽기 전에 들은 소식 너무 좋아
국화 곁에서 미친 듯 춤추며 노래하네.

聞安重根報國讐事

平安壯士目雙張 快殺邦讐似殺羊 未死得聞消息好 狂歌亂舞菊花傍

*평안도-안중근의 출생지 황해도를 평안도로 오인한 듯.

안중근의 소식을 듣고 · 2

해삼 항구의 하늘을 맴돌던 송골매가
하르빈역 앞에서 벼락불을 내리쳤네.
온 세계 수많은 호걸들이
가을바람에 낙엽 떨구듯
일시에 수저와 젓가락을 떨구네.

聞安重根報國讐事 · 2

海蔘港裏鶻磨空 哈爾賓頭霹火紅 多少六洲豪健客 一時匙箸落秋風

海蔘(해삼)—해삼위. 블라디보스톡. 鶻(골)—송골매.

안중근의 소식을 듣고 · 3

예로부터 어찌 망하는 나라가 없었으리.
어린애가 한 번 넘어져 견고한 성도 무너지나니
하늘을 버틸 만한 이런 분 나셨으니
오히려 나라 망할 때 광채가 빛나도다.

聞安重根報國讐事 · 3

從古何嘗國不亡 纖兒一倒壞金湯 但令得此撑天手 却是亡時也有光

纖兒(섬아)—어린아이. 金湯(금탕)—금성탕지(金城湯池)의 준말. 견고한 성.

황현黃玹

자는 운경(雲卿). 호는 매천(梅泉). 장수 사람. 전남 광양에서 1855년 출생하여 구례에서 일생을 마침. 1910년 한일합방이 되자 절명시 4수를 남기고 음독 순절했다. 이건창, 김택영 등과 평생 문학적 교유를 했고, 유고가 김택영에 의해 중국에서 간행됨. 문집 『매천야록』이 있음.

한식에

또다시 올해도 한식이 와서
옛 산의 잣나무 머리 돌려 거듭 보네.
난세에 고달피 다니며 꽃 피는 걸 보고
봄바람에 억지로 웃으며 술잔을 드네.
가랑비가 얼굴에 방울져 내려도
강물 맑아 문득 나그네 마음 트이게 하네.
엎드려 있는 서생 끝내 어디에 쓰이랴.
어젯밤도 서주에서 격문이 왔네.

寒食途中

又復今年寒食來 故山松柏數重回 倦遊亂世看花發 强笑春風引酒杯
雨細只縱人面滴 江明忽使旅懷開 書生雌伏終安用 昨夜西洲羽檄催

倦(권)-싫증이 남. 고달픔. 피로. 雌伏(자복)-세상에서 물러나 숨음. 羽檄(우격)-새의 깃을 꽂은 급한 격문. 여기서는 의병모집 격문을 말함.

절명시* · 1

백발이 될 때까지 난리도 많이 겪었네.
몇 번이나 죽으려 했으나 못 했는데
이제야 참으로 어쩔 수 없게 되었구나.
바람 앞에 촛불이
푸른 하늘을 찬란히 비추도다.

絶命詩 · 1

亂離滾到白頭年 幾合捐生却未然 今日眞成無可奈 煇煇風燭照蒼天

*한일합방의 비보를 듣고 오백년 동안 선비를 길러온 나라가 망하는데 죽는 선비 하나 없으면 어떻게 되겠느냐며 음독자살 직전에 쓴 작품.

절명시 · 3

새 짐승 슬피 울고 산천도 찡그리니
무궁화 세계 이미 시들었구나.
가을 등불 아래 책을 덮고
조용히 옛일을 생각해 보니
글 배운 사람 구실 참으로 어렵도다.

絕命詩 · 3

鳥獸哀鳴海岳嚬 槿花世界已沈淪 秋燈掩卷懷千古 難作人間識字人

嚬(빈)—눈살을 찌푸리다. 찡그리다. 沈淪(침륜)—물속에 가라앉음. 영락함. 시들어 사라짐.

최익현崔益鉉

자는 찬겸(贊謙). 호는 면암(勉庵). 경기도 포천 출신. 1905년 을사조약 후에 전라북도 태인에서 거병하였으나 순창에서 패전하여 대마도에 유배됨. 유배지에서 지급되는 음식물을 적이 주는 것이라 하여 단식으로 항거하다가 죽음. 저서 『면암집』이 있음.

백발

백발로 시골에서 오래 살았으니
초야에서 충성스런 사람 되려 했네.
사람이면 모두 왜적을 쳐야 하거늘
어찌 꼭 고금을 물어야 하리.

皓首

皓首舊畎畝 草野願忠人 亂賊人皆討 何須問古今

皓首(호수)-흰 머리. 백발 노인. 畎畝(견묘)-밭이랑. 시골. 묘(畝)의 본음은 무.

유형시 · 2

만릿길 나그네가 범의 굴을 이웃했으니
가슴 깊이 품은 생각으로 용천검*을 만진다.
나라 원수를 못 갚고 사나이가 늙으니
바람 앞에서 한 소리 내지르며 또 탄식하도다.

流刑詩 · 2

萬里行旅隣虎窟 百年懷抱撫龍泉 國讐未雪男兒老 一嘯臨風更喟然

*용천검(龍泉劍)–고대 명검의 이름. 行旅(행려)–나그네. 國讐(국수)–나라의 원수. 喟然(위연)–탄식하는 모양.

유형시 · 4

포위*는 나랏일에 상관없다고
다투어 말하는 세론에 담이 싸늘해진다.
모두 바람 따라 제정신이 아닌데
그대만이 옛 의관을 지키고 있구나.

流刑詩 · 4

布韋於國事無關 泄泄時論膽欲寒 一切隨風濡首地 許君能守舊衣冠

*포위(布韋)-무명옷에 가죽띠를 맨 사람. 아무 지위가 없는 빈천한 사람. 泄泄(예예)-앞을 다투어 나가는 모양. 많은 모양. 濡首(유수)-대취하여 본성을 잃음.

• 작자명 찾아보기

• 원시 찾아보기

• 역시 찾아보기